JN428142

피구왕 서영

피구왕 서영

황유미
소설

우디북

차례

1

이서영만 아는 이서영

서영에게는 비밀이 하나 있다. 그의 방에는 이서영만 아는 이서영이 산다. 문현초등학교 4학년 2반 21번 이서영, 동아아파트 104동 501호에 사는 이준식 씨와 김경자 씨의 딸 이서영이 아닌, 오로지 서영만 아는 이서영.

다른 사람은 모르는 이서영은 방에 혼자 있을 때만 튀어나온다. 사방이 소설책으로 둘러싸인 방, 타잔이 넝쿨을 타고 숲을 유영하듯 서영은 책을 읽으며 방 안을 탐험한다. 숲이 되고, 바다가 되고, 우주가 되기도 하는 이 작은 공간에서는 무엇이든 될 수 있다. 서영은 매일 새로운 책을 읽으며 끝없는 공상을 즐긴다. 오늘은 숲에 뿌리내리고 자리를 지키는 라임 오렌지 나무가 되어 제제를 기다리고 싶다. 이서영만 아는 이서영의 시간은 이렇게 흐른다.

"서영아, 보라 왔는데?"

서영은 엄마가 부르는 소리에 서둘러 읽던 책을 덮는다. 그 순간, 이서영만 아는 이서영은 사라진다. 이제 모두가 아는 이서영이 현관으로 달려가 단짝 보라에게 인사한다. 보라는 요즘 포켓몬 스티커를 모으는 재미에 푹 빠져 있다. 서영은 보라가 오랫동안 찾던 망나뇽 스티커를 선물한다.

남들이 다 아는 이서영은 친구들의 관심사에 귀 기울여 듣는다. 서영의 생각과 공상은 대부분 엉켜버린 실타래처럼 설명하기 어려운 것들이라 일찍부터 말하기보다는 듣는 쪽을 택했다. 방 안을 탐험하는 이서영, 제제를 기다리는 라임 오렌지 나무가 되고 싶은 이서영을 그대로 드러내면 사람들이 이상하게 본다는 것쯤은 아는 나이니까.

모두가 아는 이서영은 자연스레 말수는 적지만 어둡지는 않은, 어쩐지 조숙해 보이지만 그렇다고 크게 벽이 느껴지지 않는 사람이 되었다. 그러나 혼자일 때의 이서영은 아무도 궁금해하지 않을 책들을 끌어안고 감히 말로 설명할 수 없는 것들을 상상하며 시간을 보낸다. 서영은 자신만 아는 이서영과 노는 시간이 가장 편안하다.

2
분갈이

집은 이사 준비로 분주했다. 서영은 아침부터 이삿짐센터 사람들이 오가는 모습을 구경하고 있었다. 어느덧 서영의 방에는 아저씨들의 신발 자국이 가득했다. 서영은 선명한 신발 자국을 바라보며 이번에도 뿌리를 내리지 못한 채 숲을 떠난다는 생각을 했다. 어릴 때부터 뿌리가 채 내리기 전에 숲을 떠나는 일은 익숙했다. 서영의 집은 자주 이사했고 그럴 때마다 전학을 가야만 했다. 낯선 신발들이 자신의 방을 밟아대며 짐을 옮기는 모습은 어릴 때부터 여러 번 보아 왔음에도 여전히 익숙해지지 않았다.

방에 있던 물건들이 하나둘 치워지고, 이윽고 텅 빈 광경은 바로 어제까지 탐험하던 세계가 한순간에 사라진 것 같아 적응되지 않았다. 서영은 보라를 만나 마지막 인사를 하기 위해 잠깐 밖으로 나갔다. 학교에서 인사는 했지만 진짜 마지막이라는 걸 알기 때문에 보라를 따로 만났다.

"편지할게."

"응. 놀러 갈게."

편지를 쓰겠다는 약속, 놀러 가겠다는 약속. 이전 학교에서 사귄 친구들과도 벌써 수십 번은 더 주고받은 익숙하고 가벼운 약속을 또 했다. 서영은 이제 약속이란 지켜야만 하는 것이 아니라 지키지 않아도 괜찮은 말을 주고받는 게 아닐까 하고 생각했다. 약속할 때의 마음은 거짓이 없지만, 그 마음의 지속 기간은 아주 짧다는 것을 몇 번의 자리 옮김을 통해 자연스레 깨닫게 된 것이다. 누구의 마음이 변해서가 아니라 더 중요한 것들이 생겨 잊게 될 것을 알면서도 서영은 오늘도 마지막으로 약속했다.

"친구들이랑은 인사 잘 했어?"

"응. 애들이 편지도 써줬어."

"고맙네. 새로운 학교에서도 친구들 잘 사귈 수 있지?"

"응. 별로 멀리 가지도 않잖아."

거주지를 옮길 때마다 친구들과의 마지막 약속과 함께 또 하나의 의식을 치르는 데 바로 아빠, 엄마의 질문이었다. 부모님은 새로운 학교에 가서도 잘할 수 있느냐며 걱정을 가득 담아 묻곤 했다. 아주 어릴 때는 정말 궁금해서 물어보는 줄 알았는데 여러 번 겪다 보니 엄마와 아빠는 그저 괜찮다는 대답을 듣고 싶어서 묻는 거라는 생각이 들었다.

예전에 거실에서 키우던 행운목이 많이 자라 분갈이를 한 적이 있다. 그때 엄마는 행운목에게 괜찮냐고, 새 화분으로 옮기더라도 잘 자랄 수 있느냐고 묻지 않았다. 어차피 지금 화분에서는 살 수 없다. 서영은 행운목을 제때 큰 화분으로 옮겨야만 하는 것처럼 이사는 온 가족이 화분을 옮겨가는 것이라고 생각했다.

서영은 옮겨심기한 후에도 문제없이 잘 자랄 수 있을까 하는 걱정이 무색하도록 지금껏 새로운 곳에서도 제법 잘 어울려왔다. 모두가 아는 이서영은 새로운 곳에 가서도 무난하게 평범한 친구들을 사귀었다. 분갈이를 해도 이윽고 자라나는 행운목처럼 새로운 화분으로 터전을 옮기더라도 죽을 일은 없다는 건 이미 여러 번의 경험으로 알고 있었다.

3
탐색

서영은 초조한 마음으로 교실을 둘러보았다. 평범하고 튀지 않으면서도 비집고 들어갈 틈이 있는 무리를 찾기 위해서였다. 서영은 언제나 적당한 틈을 찾아 잘 파고드는 편이었다. 전학은 몇 번 겪은 터라 익숙했지만 이방인이 새로운 무리에 합류하려면 긴장과 예민한 탐색이 필요했다. 탐색과 선택은 보통 하루 안에 끝난다. '조용하고 무난하면서 튀지 않는 애들.' 서영은 선택의 기준이 확고했다. 아주 어릴 때부터 자신과 다른 성향의 집단은 요령껏 피하고 적당한 곳을 찾는 데 늘 성공했기에 자신 있었다. 짝꿍과 인사를 나눈 뒤 교실을 천천히 훑어보았다.

쉬는 시간 10분 동안 교실 풍경을 보면 대략적인 권력 구도를 알 수 있다. 교실 한쪽에 다섯 명의 여자아이가 모여 있는 게 눈에 띄었다. 권력의 피라미드에서 꼭대기 계층을 차지하고 있는 집단으로 보였다. 그 가운데 말수가 많지는 않아도 분위기를 주도하는 게 한눈에 보이는 아이가 한 명 있었다. 피라미드의 최정점에 서 있는 듯한 여유로운 포식자의 모습이었다. 서영은 그 집단만큼은 피해야 한다는 것을 본능적으로 직감했다. 저런 육식동물들과는 엮이지 않는 게 제일 마음 편한 법이라고 생각했다.

"서영아, 점심때 밥 같이 먹을래?"

"그래."

서영은 짝 윤정이 마음에 들었다. "안녕, 나는 최윤정이야."라며 먼저 인사하는 말씨에 군더더기가 없었다. 사람을 탐색하거나 힘겨루기를 하려는 피곤한 기운이 느껴지지 않는 깔끔한 말투가 좋았다. 게다가 전학 첫날이라 점심시간이 걱정인 자신을 부담스럽지 않게 구제해준 윤정의 배려심도 좋았다. 오래전부터 알고 지낸 친구처럼 편안함이 느껴져 이런 아이와 어울리면 편하게 학교생활을 할 수 있겠다고 생각했다.

그러나 서영은 점심시간에 바로 혼란에 빠졌다. 윤정을 비롯한 다른 아이들과도 같이 점심을 먹을 줄 알았던 서영의 생각과는 다르게 윤정과 단둘이 밥을 먹게 되었다. 밥을 먹기 시작한 지 얼마 되지 않아 아이들이 힐끗 쳐다보는 시선을 느꼈을 때, 서영은 윤정이 이 교실에서 어느 집단에도 속하지 못한 아이라는 걸 알았다. 어디를 보아도 딱히 모난 곳 없는 윤정이 왜 무리 안으로 들어가는 데 실패했는지 이해할 수 없었지만, 이로써 서영은 선택의 갈림길에 서게 되었다.

전학생에게 기꺼이 먼저 손을 내미는 집단에는 보통 결핍이 있기 마련이다. 대개 인원이 홀수인 집단에서 먼저 손을 내밀곤 한다. 학교의 많은 활동은 대부분 짝수를 기준으로 짜여 있기 때문에 구성원이 홀수인 집단은 평화로움 속에서도 불안을 느끼기 마련이다. 활동할 때 잠시라도 집단 밖으로 배제되는 희생양이 생기기 때문이다. 이 때문에 어떤 상황에서도 안전한 짝수를 채우기 위해 중간에 전학생이 오면 받아들이곤 한다. 물론 아무리 홀수가 불안한 숫자라고 해도 아무나 받아들이지는 않는다. 첫날 탐색을 해서 받아들여도 될 아이인지 합의를 거친 뒤 공식적으로 받아들인다.

서영은 윤정 역시 그런 집단에 속한 아이일 거라 생각했으나 예상이 빗나갔다. 윤정은 어떤 이유로 이 교실에서 배제된 아이, 시쳇말로 '왕따'였다. 한 가지 특이한 점은 윤정이 피해자라기보다는 어쩐지 주동자의 모습에 가까웠다는 것이다. 아마도 이유 없는 배척을 당해본 경험이 많아 이제는 먼저 무리에 끼지 않는 것을 선택했거나, 무리에 끼기 위해 자신을 숨기거나 꾸미는 일에 도무지 소질이 없는 뻣뻣한 아이일 터였다. 어떤 아이든 간에 이대로 윤정과 어울리면 서영은 이 교실에서 곤란한 처지가 될 수도 있었다. 머릿속에서 경고음이 울렸지만, 윤정에게서 느낀 첫 호감과 편안함이 자꾸만 마음에 걸렸다.

"아까 너랑 같이 밥 먹은 애 별로니까 놀지 마."

점심시간이 끝난 후 자신을 박정은이라고 소개한 아이가 서영을 복도로 불러내 걱정하는 모양새를 취하면서 얘기했다. 정은은 아까 서영이 관찰한 피라미드의 최상위 집단에 속한 아이였다. 정은의 첫인상은 우두머리 옆에서 집단의 권력이 유지되도록 온 힘을 다하는 행동파 같았다. 아마도 윤정이 이 아이들에게 밉보인 일이 있는 듯했다. 학기 중간에 갑자기 온 전학생까지 관리하러 나서는 것을 보면 윤정의 고립이 이 아이들의 결속을 다지는 데 이용되고 있는 것 같았다. 최상위 계층에 단단히 밉보인 제물을 두둔하면 어떤 처지에 놓이게 될지 알 수 없었다. 서영은 대체 윤정의 어떤 부분이 별로라는 건지 물어보고 싶은 마음을 꾹 누르고 모범 답안을 말했다.

"그래? 잘 몰랐네. 챙겨줘서 고마워."

서영의 대답에 정은은 만족스럽다는 듯 씩 웃으며 내일부터는 자기들이랑 같이 밥을 먹자는 제안을 했다. 서영은 '우리가 너를 구해주는 거야'라고 시혜를 베푸는 듯한 말투에 기분이 나빠지려 했지만 고개를 끄덕이고 말았다. 정말 피하고 싶었던 아이들인데 내일부터 당장 같이 밥을 먹자니 큰일났다는 생각이 들었지만 애써 표정을 갈무리하고 정은과 함께 교실로 들어왔다.

교실로 들어선 정은과 서영에게 아이들의 시선이 쏠렸다. 서영은 눈동자에 물음표가 들어 있는 것 같은 노골적인 시선이 불편했지만 이내 그 물음표들은 느낌표로 바뀌었다. 다들 묻지 않아도 알 것 같다는 표정이었다. 정은의 무리가 이런 식으로 반 아이들의 관계를 관리하는 게 한두 번 있는 일이 아닌 게 확실했다. 윤정은 서영이 정은과 함께 들어오는 것을 봤으면서도 표정의 변화가 전혀 없었다.

‘얘는 진짜 아무렇지 않은 걸까, 아무렇지 않은 척하는 걸까?’

서영은 윤정에 대한 궁금증을 속으로 삼키며 자리에 앉았다. 앞으로의 학교생활이 이전처럼 단조롭지 않을 것 같다는 예감이 몰려왔다.

4

코트 안으로

하교 시간이 되자 아이들은 빠르게 흩어졌다. 윤정 역시 서영에게 짧게 인사를 하고 가방을 챙겨 먼저 교실을 나갔다. 윤정의 태도에서 선을 긋는 모습이 보였다. 서영이 정은에게 어떤 말을 들었을지 본인이 더 잘 아는 것 같았다. 무어라 말을 꺼내기도 전에 윤정은 미련 없는 뒷모습으로 휙 사라졌다. 쉬는 시간이 학교에서 무리를 짓는 시간이라면 하교는 학교 밖으로까지 무리를 확장하는 시간이다. 이미 모두가 끼리끼리 무리를 지어 떠난 텅 빈 교실에서 서영은 허탈함을 느끼며 잠깐 멍하니 서 있었다. 모든 종의

동물이 무리를 지어 떠나간 후 세렝게티의 초원에 홀로 남은 낙오자 같았다. 일단은 집에 빨리 가고 싶었다. 서영은 서둘러 가방을 챙긴 후 교실을 나서 운동장 쪽으로 걸어갔다.

운동장에는 몇몇 아이들이 공을 가운데 두고 모여 있었다. 아마도 피구를 하려는 것 같았다. 낯익은 얼굴이 꽤 많이 보였다. 다 아는 얼굴은 아니었지만 모두 서영의 반인 듯했고, 그중에는 정은의 무리도 있었다. 교실 내 포식자 계급인 정은을 포함한 다섯 명, 그리고 그 아래에서 먹이사슬의 최하위에 있는 약자들을 사냥해 포식자에게 바치며 이 교실의 정글 같은 서열 구조를 안정적으로 유지하는 아이들이었다. 한마디로 서영이 가장 피하고 싶어 하는 아이들만 모여 있었다.

"야! 이서영!"

서영은 우렁찬 소리에 감전이라도 된 듯 깜짝 놀라 고개를 들었다. 뜻밖에도 정은의 무리 중심에 있던 아이, 권력의 피라미드 꼭대기에 서 있는 것이 분명한 그 아이가 서영을 부르며 손짓을 했다. 서영은 도살장에 끌려 들어가는 황소처럼 떨리는 심정으로 손짓하는 아이 쪽으로 걸어갔다. 50미터도 되지 않는 거리를 걷는 동안 서영의 머릿속에는 온갖 생각이 들락거렸다. 이윽고 그 아이 앞에 도착했다. 서영은 자신의 처지가 호랑이 굴 앞에 도착한 토끼 같았다.

"이서영, 너도 피구 할래?"

"응?"

"피구 해야 하는데 한 명이 부족해서. 너도 하자! 너 우리 편 해."

권유인 듯 강요 같은 제안에 서영이 얼빠진 얼굴로 머뭇머뭇 주저하는 사이, 양 팀의 주장은 가위바위보로 선제공격할 팀까지 정했다. 그렇게 전학 첫날 세렝게티에서 그토록 피하고 싶었던 무리와 '우리 편'이 되어 피구를 하게 되었다. 얼떨떨한 기분도 잠시, 이기지 못하면 팀원들에게 전원 얼차려라도 줄 것처럼 두 눈동자에 승부욕이 이글거리는 주장의 얼굴을 보자 서영은 등골이 오싹했다. 우리 편이 지는 건 있을 수 없는 일이라고 생각하는 유형 같았다.

서영은 이전 학교에서는 체육대회 때마다 저런 유형의 아이는 타고난 눈치로 잘 피해 다녔는데, 전학 첫날부터 단단히 잘못 걸렸다고 생각하며 속으로 욕을 집어삼켰다. 타고난 승부욕이 강한 데다 이미 자신이 교실 내에서 권력의 최상위층에 있다는 것을 자각하고 있는 아이라 이런 운동경기에서도 지는 걸 용납하지 않을 것이 뻔했다. 휙휙 날아다니는 하얀 공이 생사를 가르는 총알처럼 보였다.

경기가 시작된 지 얼마 지나지 않아 서영 쪽으로 공이 날아왔다. 이 공을 놓치면 주장의 서슬 퍼런 눈빛을 받을 것이 분명했다. 본능적으로 뛰어올라 공을 품에 안은 서영은 흰 선 안에서 우왕좌왕하고 있는 상대 팀의 등을 향해 공을 내리꽂았다. 결과는 성공. 서영은 그렇게 상대 팀 한 명을 처리했다. 반대편 코트에서 주장이 서영을 바라보며 잘했다는 듯 환하게 웃었다. 서영은 생각했다.

'저건 첫 사냥의 성공을 치하하는 우두머리의 눈빛이다.'

경기는 실점과 득점을 주거니 받거니 하며 팽팽한 긴장감 속에서 계속되었다. 양 팀의 선수들이 하나둘 공에 맞아 사라지기 시작했고, 마침내 코트 안에는 단 한 명씩만 남았다. 코트 안에 남겨진 두 마리의 가련한 동물. 이제 그들이 죽느냐, 사느냐가 곧 우리 편이 이기느냐, 지느냐를 결정짓는다. 코트를 둘러싼 모든 아이들이 이글거리는 눈빛으로 콜로세움에서 마지막까지 살아남은 검투사들의 결전을 바라보고 있었다. 서영 역시 그들의 동작 하나하나를 눈에 담으며 지금 콜로세움 안에 남아 있는 검투사 중 하나가 자신이 아니라는 사실에 안도하며 몰래 가슴을 쓸어내렸다.

툭.

공이 한 아이의 몸통에 맞았다. 검투사의 생사를 가르는 소리이자 양 팀의 승패를 결정짓는 순간이었다. 결과는 서영의 '우리 편'이 아닌 '남의 편'의 승리로 끝났다. 남의 편은 모두 얼싸안으며 환호했고, 마지막까지 훌륭하게 싸운 용사에게 일제히 달려들어 공로를 치하했다. 승부에서 진 서영의 '우리 편'은 떫은 표정으로 승리 팀의 환호만 멀거니 지켜봤다. 그때 서영 팀의 주장이 분노를 삭이지 못한 눈빛으로 마치 뿔이 난 물소처럼 달려나가 방금 공에 맞은 아이 앞에 섰다.

"야, 너는 그걸 못 피하냐? 너 때문에 졌잖아."

주장의 우렁찬 목소리에 하하 호호 승리를 만끽하던 분위기가 순식간에 얼어붙었다. 주장은 삿대질까지 해가며 패배의 원인을 '너'라는 2인칭으로 특정해 한 명의 실수로 몰아붙였다. 경기에 졌다고 해서 그렇게까지 화가 난 사람은 없는 것 같은데 주장은 씩씩대며 분풀이를 했다. 역시 피곤한 아이였다. 서영은 주장의 행동이 지나치다고 느끼면서도, 주장이 내뱉은 '너 때문에'의 '너'가 자신을 지칭하는 게 아니어서 참 다행이라고 생각했다.

마지막까지 남아 있던 아이는 그렇게 주장의 삿대질을 정면으로 받아내며 금방이라도 울 것 같은 표정으로 서 있었다. 서영은 패전의 원인을 병사 한 명에게 돌리는 못난 장수 같은 주장을 보며 설명하기 힘든 불편함을 느꼈지만, 조용히 상황을 관망할 수밖에 없었다. 빨리 이 상황을 끝내고 집에 가고 싶었다. 서영은 어느 정도 상황이 마무리되고 무리를 지어 하교하는 분위기가 형성되자, 도망치듯 가방을 챙겨 운동장을 가로질러 나왔다.

5
파악

서영은 빠른 걸음으로 집을 향해 걸었다. 그때 누군가 뒤에서 가방을 살짝 잡아당기는 느낌이 들었다. 반사적으로 뒤를 돌아본 서영은 깜짝 놀랐다. 주장이 서 있었기 때문이다. 서영은 놀란 눈빛을 거두고, 자신보다 키가 조금 더 큰 주장의 이마와 눈썹 언저리 어딘가를 애매하게 응시하며 어색하게 서 있었다. 시선을 조금 뒤로 하니 정은을 비롯한 네 명의 아이도 보였다. 혼자보다는 무리를 지어 움직이는 것을 선호하는 유형. 아무리 생각해도 서영과는 부류가 달랐다.

“바로 집에 가야 해? 우리 떡볶이 먹으러 갈 건데 같이 가자.”

주장의 태도는 살면서 한 번도 거절을 당해본 적이 없는 아이 같았다. 누군가에게 먼저 손을 내밀었을 때 거절당한 적이 없는 특유의 여유와 자신감이 느껴졌다. 빠른 속도로 회전하는 팽이처럼 서영의 뇌리에 여러 가지 생각이 팽팽하게 돌아가고 있는 동안에도 주장은 흔들림 없이 허리를 곧추세우고 당당한 눈빛으로 서영을 바라보고 있었다. 그 눈빛은 마치 거절하지 못할 제안을 건네는 마피아 같았다. 서영은 고개를 끄덕일 수밖에 없었다.

‘그래. 다른 부류이긴 해도 나한테 나쁜 애인지 아닌지는 말이라도 해봐야 알 수 있으니까. 어차피 내일 점심도 얘네랑 같이 먹기로 했으니까.’

서영은 속으로 이 상황을 합리화하며 아이들과 함께 떡볶이집으로 향했다.

"아, 내 이름은 유현지. 너 아까 피구 잘하더라. 한 네 명은 죽이지 않았어?"

"그랬나? 잘 기억이 안 나네."

생각해보니 주장의 이름도 몰랐다. 통성명도 없이 전학 첫날 피구부터 같이 한 사이. 어떠한 감정적 교류도 없이 대뜸 우리가 되어 남의 편을 이겨야 한다는 목적을 향해 싸운 사이에 싹틀 관계는 어떤 모양을 하게 될까. 확실한 건 현지에게 서영이 지금은 피구를 할 때 꽤 쓸모 있는 전투력을 갖춘 전사로 각인되었다는 것이다. 주장은 서영을 오늘만 해도 남의 편 네 명을 죽인 훌륭한 전사로 기억하고 있었다. 서영은 피구를 잘한다는 칭찬도 처음인 데다 즐기지도 않았지만, 어떤 이유에서든 전학 첫날부터 먼지가 되어 흩어질 뻔한 자신의 존재를 인식해준 것만으로도 다행이라고 생각했다.

"어디 살아?"

"은미아파트."

"몇 평이야?"

"몇 평인지는 잘 모르는데……."

서영은 선천적으로 숫자에 관심이 없었다. 아파트 평수는 궁금하지도 않았다. 그저 자기 방이 현관이랑 가까운지 안방이랑 가까운지, 창밖에는 뭐가 보이는지, 집이 학교와 얼마나 떨어져 있는지만 생각했다. 그래서 한 번도 아파트 평수를 물어볼 생각을 못 했고, 갑작스러운 질문에 당황해 솔직하게 대답했다. 떡볶이를 먹다가 질문을 던진 아이는 '이런 애가 있을 수 있나'라는 표정으로 외계 생명체를 바라보듯 서영을 보았다.

"그럼 몇 동이야?"

"108동."

"아, 그럼 34평이다. 현지도 거기 살아, 54평."

현지는 살짝 겸연쩍은 얼굴로 서영의 표정을 살폈다. 34평 이서영, 그리고 54평 유현지. 교실에 비치된 출석부에 아이들의 이름마다 번호가 따라붙듯, 교실 밖에서는 아파트 평수가 서로를 식별하는 꼬리표처럼 자연스레 붙어 있었다. 아파트 평수를 알려준 아이는 이윽고 현지의 부모님이 모두 의사이며, 현지에게 아이돌처럼 잘생긴 오빠가 있다는 얘기도 했다. 현지에 관한 얘기만 늘어놓고 있는 것으로 보아, 아마도 이 무리에서 현지의 환경을 가장 부러워하는 아이가 아닐까 하는 생각이 들었다.

배가 너무 고팠던 서영은 생각을 접고 떡볶이를 먹는 데만 집중하며 그 아이의 이야기를 한 귀로 흘려들었다. 하지만 그 아이는 계속 현지의 집안 얘기를 늘어놨다. 그 순간에도 현지는 아무 말없이 서영의 표정만 읽고 있었다. 떡볶이를 먹던 서영은 언뜻 현지의 얼굴에 살짝 싫증이 묻어나는 것을 보았다. 이런 식으로 현지 가족이 대화의 소재가 되는 게 잦은 일인 것 같았다. 현지의 얼굴에 묻어난 싫증이 조금 더 짙어졌다고 느꼈을 때, 현지가 아이의 말을 끊으며 말했다.

"잘됐다. 오늘은 서영이랑 같이 집에 가면 되겠네. 다른 애들은 반대 방향이거든."

모든 아이의 시선이 서영에게 쏠렸다. 아이들의 눈빛에는 분명한 부러움과 질투가 섞여 있었다. 눈빛만 보아도 현지는 확실히 모두가 옆에 있고 싶어 하는 아이임이 분명했다. 이미 교실 내에서 아이들의 먹이사슬 관계에까지 깊숙이 관여하고 있는 포식자 집단임에도 불구하고, 이 안에서 다시 유현지라는 우두머리를 둘러싸고 경쟁을 벌이고 있는 것이었다.

서영은 갑작스러운 상황에 당황하기는 했지만 부러움이 형형하게 드러난 아이들의 시선을 보며 묘한 우월감을 느꼈다. 여태껏 한 번도 받아본 적 없는 시선을 현지를 통해 간단히 받아내자, 어쩌면 이 육식동물들 속에서도 현지와만 관계를 잘 유지하면 편하게 학교에 다닐 수 있지 않을까 하는 생각에 이르렀다.

아이들과 인사를 하고 헤어진 서영은 현지와 함께 아파트로 향했다. 현지는 집으로 가는 내내 밝게 떠들었다. 사람에 대한 경계심이 없는 아이. 자신에 관한 이야기를 쉴 새 없이 재잘대는 현지에 대한 서영의 인상이었다. 사람과 관계를 맺을 때 생각대로 흘러가지 않은 적이 단 한 번도 없었거나, 설령 뜻대로 되지 않는 거슬리는 애가 튀어나오더라도 사뿐히 밟아줄 수 있다는 자신감이 느껴지는 아이였다. 확실히 현지는 옆에 있는 사람을 긴장하게 만들었다. 서영은 현지의 얘기를 가만히 들으며 긴장의 끈을 놓지 않았다.

"우리 집에서 놀다가 들어가자."

'아, 얘는 정말 경계라는 걸 잘 모르는 애구나.'

자신의 집에 가자는 현지의 제안에 서영은 또 한 번 놀라며 생각했다. 아까 운동장에서 피구를 하자고 했던 것과 마찬가지로 '너는 거절할 수 없을 거야'라는 속내가 투명하게 드러나는 제안이었다. 이제껏 관계에서 항상 우위를 차지해온 아이들만이 가질 수 있는 자신감이었다. 서영은 현지의 제안을 거절할 수 없었다.

현지의 집은 확실히 아이들 누구나 동경할 만한 이상향을 실현한 공간이었다. 넓고 깔끔한 거실, 고상함과 부유함이 묻어나는 가구와 벽에 걸린 그림까지 완벽했다. 현지는 막 오븐에서 쿠키를 꺼내고 있던 중년의 아주머니에게 친구가 왔으니 간식을 챙겨달라고 말했다. 예의 없지는 않지만 어딘가 벽이 느껴지는 말투가 엄마를 대하는 태도라고 하기에는 이질적이었다. 그 모습에 의아해하는 서영의 마음을 읽었는지 현지가 조용한 목소리로 "집안일 해주시는 아주머니셔."라고 속삭였다.

거실에는 기분 좋게 달콤한 쿠키 냄새가 가득하고, 앞치마를 두른 아주머니는 이보다 더 친절할 수 없는 상냥한 미소로 현지를 대했다. 지금까지 이 집에 몇 명의 아이가 놀러 왔는지는 알 수 없지만, 이곳에 온 아이라면 널찍한 거실에 가득한 행복의 향기를 맡고 현지에게 호의적이지 않았던 마음도 금세 바뀔 것 같았다. 여유의 냄새만큼 사람을 굴복시키기 좋은 것도 없다.

현지의 방은 원하는 모든 게 가능할 것 같은 유현지의 왕국처럼 보였다. 서영의 방이 서영의 상상 속에서 숲이 되고, 바다가 되고, 우주가 되는 머릿속 세계라면, 현지의 방은 자신이 원하는 모든 것을 구현해내기 위해 존재하는 진짜 세계 같았다. 동화처럼 예쁘게 꾸민 방에는 상장들이 보기 좋게 걸려 있고, 책장이 방의 벽면 하나를 온전히 장식하고 있었다. 미술관의 전시품처럼 색색으로 분류된 세계문학 전집에서 《나의 라임 오렌지 나무》를 발견한 서영은 반가운 마음에 무심코 손을 뻗었다.

"책 좋아해? 엄마가 한 권 읽을 때마다 용돈 올려준다고 해서 억지로 읽은 척하는데 진짜 읽기 싫어. 책 읽는 거 진짜 짜증 나지 않아? 그 시간에 밖에서 놀지."

'맞다, 애는 책 읽는 시간에 밖에서 피구를 할 애다.'

서영은 금세 현지가 어떤 아이인지 떠올리고는 어색하게 "나도 책 많이 안 읽어."라고 대답했다. 엄밀히 말하면 현지의 질문에 거짓말을 한 셈이지만 딱히 잘못했다는 생각이 들지는 않았다. 책을 좋아하느냐고 묻기는 했지만, 뒤에 붙은 말로 보건대 정말로 서영이 책을 좋아하는지 궁금했다기보다는 자신이 책 읽는 것을 매우 지루한 일로 여기는 사람이라는 정보를 알려주고 싶은 쪽에 가까웠기 때문이다.

서영은 아파트까지 걸어오는 동안 현지가 질문은 거의 하지 않고, 자신에 관한 얘기를 하는 데 대부분의 시간을 할애했다는 사실을 떠올렸다. 딱히 서영에 대해 궁금하지 않아서라기보다 워낙 많은 아이에게 관심을 받아왔기 때문에 생겨난 버릇인 듯했다. 어쨌든 현지는 서영을 더 궁금해할 아이는 아니었다. 책 읽을 시간에 밖에 나가서 피구를 하듯, 서영을 궁금해할 시간에 서영에게 자신에 대해 더 궁금한 건 없느냐고 물어볼 아이였다. 그러니 굳이 반대되는 자신의 성향을 노출할 필요는 없다고 생각했다. 애초에 설명이 필요한 일은 만들지 않는 게 편하다.

"그래? 역시. 나랑 비슷한 게 많네."

현지는 서영에게 처음 봤을 때부터 통하는 게 많을 것 같다고 느꼈다고 말했다. 그 말이 사실인지 아닌지는 중요하지 않았다. 지금 현지가 서영을 편안하게 느낀다는 점만이 중요했다. 현지의 방에서 서영은 그동안 많은 관계에서 그랬듯 이야기를 들어주고, 상대방이 관심을 가지는 것들에 긍정적인 이야기만 해주는 태도를 보였다. 남들이 다 아는 이서영이 유현지라는 포식자에게도 통할지 떨리는 마음으로 시험해본 순간이었다.

다행히 현지는 서영이 마음에 들었다는 듯 자신과 비슷한 게 많다는 말로 서영을 동류로 쉽게 정의했다. 서영의 고분고분함이 거슬리지 않아 마음에 들었으리라는 건 굳이 현지의 입으로 듣지 않아도 알 수 있는 일이었다. 서영은 인정받은 것 같은 기분에 안도감을 느끼며 작별 인사를 하고 집으로 돌아왔다.

"왜 이렇게 늦었어. 걱정했잖아."

서영이 집에 들어가자마자 엄마는 학교에서 있었던 일에 대해 물었다. 서영은 오늘 있었던 일을 적당히 뭉쳐서 설명하기 시작했다. 학교에서 있었던 모든 일을 온전히 설명하는 것은 애초에 불가능하다. 뾰족하게 튀어나온 부분은 적당히 쳐내고, 가시 같았던 감정들은 덮어 최대한 둥글게 뭉개서 엄마와 아빠가 받아들일 수 있을 정도의 적당한 공 모양으로 만들어 던진다. 어른들은 그래야 이야기를 받을 수 있다.

사실 매일 학교에서 일어나는 일들은 둥글고 예쁜 공이 아니라, 마구잡이로 꼬여버린 용수철 덩어리에 어디서 붙어왔는지 출처를 알 수 없는 가시들로 점철된 지저분한 모양새에 가깝다. 날것 그대로 던지면 어른들은 받아내지를 못한다. 기대했던 바와 다른 게 날아오면 어디서 쓰레기를 던지느냐며 공이 날아온 곳에 다짜고짜 화를 내기에 바쁘다. 나이가 들수록 상상력이 빈약해져 예상과 다른 것들에 한없이 취약해진다. 엄마는 서영이 전학 첫날부터 친구들과 함께 피구를 하면서 놀았고, 반에서 공부를 제일 잘하고 같은 아파트에 사는 예쁜 친구의 집에서 잘 놀다 들어왔다는 사실에 안도했다.

서영은 좀처럼 잠을 잘 수 없었다. 내일은 어떤 무리에 들어갈지 무조건 정해야 한다는 부담감 때문이었다. 전학과 동시에 백연초등학교 4학년 3반이라는 소속이 부여되었지만, 이는 어디까지나 이름뿐인 소속이었다. 점심을 같이 먹고 과학실, 음악실, 운동장, 심지어 화장실까지 교내에서 이동이 필요한 순간마다 누구와 같이 갈지, 그리고 누구와 함께 집까지 걸을지 등 생활 전반을 결정짓는 진짜 소속은 아무도 대신 만들어주지 않는다. 오롯이 아이들끼리 알아서 만들어가는 진짜 소속은 이름뿐인 소속보다 훨씬 중요하다.

결과적으로 서영은 오늘 자신에게 맞는 소속으로 들어가는 데 실패했다. 서영은 한숨을 쉬며 천장을 멍하니 바라보았다. 천장에 윤정의 얼굴과 현지의 얼굴이 둥둥 떠다녔다. 같이 있으면 마음이 편한 아이와 같이 있으면 우쭐해지는 아이. 두 사람의 얼굴이 커졌다 작아졌다 하며 결론 없는 싸움을 했다. 그렇게 피곤했던 전학 첫날이 지나가고 있었다.

6
짝피구

서영이 교실로 들어가자 현지가 밝게 인사를 건넸다. 아이들의 시선이 현지의 인사를 받는 서영에게 따라붙었다. 서영도 현지에게 밝게 인사하고 옆에 있던 정은을 비롯한 다른 아이들에게도 인사를 건넸다. 아이들은 어제 떡볶이 집에서 현지가 같이 집에 가자고 했을 때와 똑같은 부러움과 질투가 섞인 눈빛으로 서영을 보았다. 어제 자기 집에서 같이 놀았다는 말과 전학생을 자신들의 무리에 받아들인다는 수장으로서의 선언을 한 눈치였다.

확실히 어제보다는 아이들의 눈빛이 훨씬 호의적이었다. 어제는 굴러온 돌을 탐색하는 눈이었다면 오늘은 순응에 가까웠다. 우두머리인 현지가 서영을 받아들인다는 신호를 보냈기 때문일 터였다. 서영은 어제보다는 훨씬 편안해진 마음으로 아이들과 가벼운 이야기를 나눈 뒤, 그들과 조금 떨어진 자기 자리에 앉았다.

"안녕!"

"응, 그래. 안녕."

불편한 정적이 흘렀다. 윤정과는 짝인데도 몇 마디 이상 나누기가 힘들었다. 뒤돌아보지 않아도 느껴지는 시선 때문이었다. 이유는 모르겠지만, 현지네 무리는 윤정이 누군가와 관계를 맺도록 가만히 두지 않았다. 서영 역시 윤정을 완전 고립 상태로 만들기 위해 받아들인 것이나 다름없었다. 서영이 윤정과 가까워지는 것은 현지네 무리와 척을 지겠다고 선언하는 것이었다. 서영은 학교생활에 큰 힘을 쏟고 싶지 않아 항상 안전한 길을 선택해왔다. 결국 이번에도 어쩔 수 없이 안전한 길을 선택하고 윤정에 대한 호감과 궁금증을 억눌렀다.

"남자 1번이랑 여자 21번, 이런 식으로 앞 번호부터 짝이 되는 거야. 알겠지?"

오늘 체육 시간에는 짝피구를 했다. 학교에서는 꼭 짝피구를 할 때 남자아이와 여자아이를 짝으로 묶어 남자에게 여자를 보호하는 의무를 부여하곤 했는데, 보호는커녕 짝피구야말로 승패에 따라 패배의 원인을 '네 탓'으로 돌리기에 딱 좋은 운동이었다. 짝이 된 남녀는 하나의 운명 공동체가 되어 경기에 임하게 되는데, 특히 여자아이의 생사가 남자아이에게까지 영향을 미치므로 남자아이는 짝인 여자아이가 공에 맞지 않도록 온몸으로 막아야 한다. 남자아이가 멀쩡히 살아 있더라도 여자아이가 공에 맞으면 같이 죽게 되기 때문이다. 아마도 경기를 통해 서로를 잘 보살피라는 교육적 의도로 만든 운동일 것이다. 하지만 안타깝게도 교육 현장에서의 짝피구는 남녀가 서로 편을 갈라

물어뜯기에 딱 좋은 게임일 뿐이다. 서영은 경기가 끝난 후 어떤 소리를 듣게 될지 걱정되는 마음을 애써 누르며 아이들 쪽으로 다가갔다.

"다들 짝은 찾았지? 1번부터 11번까지 같은 팀이고, 나머지는 상대 팀이야. 공격 팀 먼저 정하자."

현지의 짝은 11번, 서영의 짝은 12번이었다. 번호 하나 차이로 현지와 다른 팀이 된 서영은 마음이 복잡했다. 승패를 중요하게 여기는 현지와 다른 팀이 된다는 것은 골치 아픈 일이었다. 현지와 노는 무리가 아니라면 크게 상관없었겠지만, 서영은 이제 현지가 인정한 무리의 일원이었으므로 일이 복잡해졌다. 현지는 "서영이만 다른 팀이네? 아쉽다."라며 서영의 어깨를 살짝 두드렸다. 자신을 챙겨주는 듯한 현지의 태도에 오묘한 고마움과 안도감을 느끼며 서영 역시 아쉽다고 말했다.

양 팀 대표가 나가 등을 맞대고 가위바위보로 공격 팀을 정한 뒤 바로 경기가 시작되었다. 서영은 코트를 휙휙 가르는 흰 공을 피하며 열심히 뛰어다녔고, 어느덧 서영의 코트 안에는 서영과 짝, 그리고 반대편 코트 안에는 현지와 짝만 남았다. 서영은 예상치 못한 전개에 당황스러웠다. 만약 전력을 다해 경기해서 현지를 이기면 현지가 어떤 표정을 지을지 눈에 선했다. 물어보지 않아도 지금 현지가 원하는 건 승리였다.

하지만 그렇다고 서영의 실수로 지게 된다면 옆에 있는 짝은 물론 같은 팀 아이들의 원망을 들을 게 뻔했다. 서영은 복잡한 마음으로 날아오는 공을 간신히 피해다녔다. 경기가 점점 길어지자 아이들의 얼굴에 지친 기색이 역력했다. 서영은 현지의 얼굴에서 어제 떡볶이집에서 본 싫증과 비슷한 표정을 읽었다. 떡볶이집에서보다 조금 더 싫증의 농도가 진해져 짜증으로 넘어갈 듯한 표정이었다. 그때 현지의 짝이 자세를 잡고 서영이 있는 코트 안쪽으로 공을 던졌다. 날아오는 공을 본 순간 현지의 짜증 섞인 표정을 떠올린 서영은 공이 날아오는 방향으로 살짝 팔뚝을 내밀었다. 툭. 서영의 팔에 맞은 공이 바닥으로 떨어졌고 동시에 상대 팀 아이들의 함성이 터져나왔다. 서영의 짝인 남자아이가 퉁명스러운 표정으로 다가와 말했다.

"와…… 너는 그것도 못 피하냐?"

예상했던 비난이었다. 오늘 경기에서 서영의 팀이 패배한 원인은 오롯이 서영이 되었다. 아이들이 느낀 패배의 쓴맛만큼 아픈 화살을 감당해야 할 터였다. 서영은 그걸 알면서도 자신이 왜 공을 맞기로 했는지 그 마음을 온전히 알 수는 없었다. 그저 순간적으로 이 게임은 현지가 이끄는 팀의 승리로 끝나야 자연스럽다는 생각이 스쳤음을 기억했다. 그렇게 이해되지 않는 선택으로 패배의 원인이 되어 비난을 받던 서영이 기어들어 가는 목소리로 미안하다는 말을 뱉으려 할 때였다.

"야, 너 왜 말을 그렇게 하냐? 네가 서영이 앞에서 잘 막았어야지!"

현지가 나서서 서영을 두둔했다. 현지는 서영 쪽으로 걸어와 누가 봐도 '나는 얘 편이다'라는 태도를 보이며 서영을 변호했다. 그러자 서영을 탓하던 짝은 금세 입을 다물었고, 서영에게 짜증을 풀려고 했던 다른 아이들도 장전하고 있던 총을 거두는 기운이 느껴졌다. 그 순간 서영은 자신이 마지막 순간에 규칙을 무시하고 현지의 편이 되기를 자발적으로 선택했다는 것을 깨달았다.

서영은 날아오는 공을 그냥 맞아준 게 아니었다. 코트 안에서 다른 편으로 갈라진 현지에게 위협을 느껴 스스로 같은 편이 되기로 선택한 것이다. 서영의 행위는 현지와 같은 편이 되겠다는 명백한 표현이었고, 현지의 옹호는 자신을 선택한 이에 대한 확실한 보상이었다. 현지의 두둔으로 순식간에 아이들 사이의 판도가 바뀌는 것을 느낀 서영은 공에 맞아주기를 잘했다고 생각했다.

7

피구왕 서영

가을 체육대회 날짜가 가까워지자 체육 시간에는 두 번에 한 번꼴로 남자애들은 축구를, 여자애들은 피구를 연습했다. 반 대항 경기를 대비한 연습이었는데, 말이 연습이지 거의 실전에 가까웠다. 서영은 경기마다 승부에 목숨을 거는 아이들 틈바구니에서 묘한 이질감을 느끼며 어떻게든 패배의 원인이 되지 않기 위해 이리저리 열심히 뛰어다녔다. 승부 앞에서 돌변하는 현지의 불타는 눈빛을 바라보면 없던 운동신경까지 살아나는 것 같았다. 오늘도 온몸의 감각을 끌어모아 흰 공을 노려보고, 잡고, 던졌다. 서영의 공격으로 상대편 코트에 있던 마지막 주자가 죽어 서영의 팀이 승리했다. 함성과 함께 현지를 비롯한 아이들이 서영 주위로 모였다.

"야, 이서영 진짜 피구 잘하지 않냐? 서영이 덕에 우리 반 1등 할 것 같아."

최근 현지는 아이들 앞에서 부쩍 이런 식으로 서영을 추켜세우는 말을 많이 했다. 현지는 이서영을 이루고 있는 여러 가지 중에서 '피구를 잘하는 이서영'에 매료된 게 분명했다. 피구 팀을 나눌 때 꼭 서영을 첫 번째로 호명하는 유현지, 거침없는 공격으로 상대 팀을 아웃시키는 서영을 바라보는 유현지, 경기가 승리로 끝난 후 서영의 공로를 치하하는 유현지. 현지는 확실히 피구 코트 안에서 유난히 서영을 아꼈다. 서영은 자신이 코트 안에서 보여주는 모습 덕분에 코트 밖에서도 현지의 바로 옆자리를 차지했음을 잘 알고 있었다. 경기할 때마다 아낌없이 호감을 보내던 현지는 어느덧 서영에게 '피구왕 서영'이라는 별명까지 지어주며 장난을 치곤 했다.

"서영이가 진짜 피구왕이야. 피구왕 이서영!"

현지의 장난에 이윽고 아이들도 서영을 피구왕이라 부르기 시작했다. 유치한 별명에 머쓱해진 서영은 장난치지 말라며 얼굴을 붉혔지만, 내심 아이들의 관심이 싫지만은 않았다. 피구왕이라고 놀려대던 아이들의 말과 표정에서 현지의 인정을 받는 이서영, 현지의 곁을 차지한 이서영에 대한 궁금증과 부러움이 드러났기 때문이다. 여태껏 받아본 적 없는 관심을 한 몸에 받는 학교생활은 피곤하기도 했지만, 관심을 받는 게 당연한 현지 옆에 있으면 서영 역시 원래 그런 대우에 익숙한 사람이었던 것 같은 착각에 빠져 묘한 흥분을 느끼기도 했다.

피구왕이라는 별명은 서영의 일상에 변화를 불러왔다. 학교에서 돌아오면 방에서 책만 읽던 서영은 이제 공을 들고 밖으로 나가 피구 연습을 하기 시작했다. 아이들은 서영이 애초부터 피구를 잘한 것으로 알고 있지만, 사실 서영은 운동에는 별로 취미가 없었다. 그저 살아남기 위해 열심히 한 경기에서 운이 좋아 승리했을 뿐, 자신의 실력은 단번에 무너질 수 있는 모래성이라는 사실을 잘 알고 있었다.

그러니 무너지지 않으려면 연습밖에 길이 없었다. 서영은 누가 보기라도 할까 봐 일부러 학교 운동장이 아니라 몇 정거장 떨어진 공터로 갔다. 혼자 벽에 공을 던지며 공격 연습만 하기도 하고, 때로는 과자로 포섭한 동생을 데리고 가 공을 던지고 받는 연습을 착실히 했다. 어느덧 좋아하던 책을 읽지 못한 지 일주일이 넘었다는 걸 알았지만 연습을 포기할 수는 없었다.

"엄마, 나 나갔다 올게!"

"오늘도 애들이랑 피구 하니? 숙제는 다 한 거지? 무슨 피구를 그렇게 매일 한다니."

엄마는 서영이 공부는 하지 않고 놀기만 하는 것 같아

걱정을 내비치기도 했지만, 같이 피구를 하는 아이들이 반 1등인 현지를 비롯해 모두 상위권이라는 말에 금세 외출을 허락했다. 동생에게는 적절한 보상으로 입마음을 한 서영은 피구왕의 자리를 빼앗기지 않기 위해 오늘도 공을 들고 나갔다. 그런데 여느 날처럼 벽면에 공을 여러 각도로 던져대며 받는 연습에 몰두하던 서영의 귀에 익숙한 목소리가 들렸다.

"이서영?"

맙소사, 짝 윤정이었다. 서영은 발가벗은 몸을 들킨 기분이었다. 미처 잡지 못한 공이 바닥으로 굴렀다. 윤정이 환하게 웃으며 다가왔다. 서영은 윤정에게 마음의 빚이 있었다. 그간 옆자리에 앉아 있으면서도 윤정의 존재를 의도적으로 외면해왔기 때문이다. 그런 아이 앞에서 들키고 싶지 않은 치부까지 노출되자 서영의 몸은 그대로 얼어버렸다.

"나 피구 연습하러 왔는데, 도와줄래?"

도저히 의도가 있다고 생각할 수 없을 만큼 윤정이 해맑게 묻자, 서영은 얼떨떨했다. "여기서 뭐 해?"라거나 "지금 피구 연습하는 거야?" 같은 예상 가능한 질문을 완벽히 벗어나, 오히려 도움을 청하는 말로 곤란해하던 서영을 구해주었다. 피구 연습하러 왔다는 윤정의 말은 거짓이 아니었는지 옆구리에 흰 공을 하나 끼고 있었다. 그렇게 윤정은 부끄러움의 구덩이에 빠진 서영을 구해냈다. 서영은 고개를 끄덕였고, 윤정은 여전히 꿍꿍이라고는 하나도 없는 표정으로 서영 쪽으로 공을 던졌다.

그렇게 윤정과 서영은 피구 연습을 시작했다. 서로 말 한마디 없이 공만 주고받았는데, 윤정이 공을 받을 때마다 오른손은 가만히 두고 왼손으로만 공을 휘감는 듯한 모습이 눈에 들어왔다. 유심히 보지 않아도 부자연스러운 몸짓이었다. 윤정의 오른손과 왼손이 만들어내는 불균형에 궁금증이 올라오는 찰나, 윤정이 잠깐 쉬었다 하자고 말했다.

"사실 어릴 때 아팠던 적이 있어서 오른손이 좀 불편해.

많이 불편한 건 아닌데, 오른손은 마음대로 움직이기가 힘들어서 주로 왼손을 써. 공을 제대로 잡으려면 오른손도 써야 하니까 연습하러 온 거야."

긴 의자에 앉아 둘은 처음으로 대화다운 대화를 나눴다. 사실 대화라기보다 윤정이 열어준 비밀 상자를 들여다보는 것에 가까웠다. 먼저 묻지 않았는데도 솔직하게 내밀한 이야기를 하는 윤정의 모습에서 서영은 또 한 번 놀라움을 느꼈다. 아이들이 왜 그렇게 윤정에게 배타적인지도 짐작이 갔다.

아이들은 자신과 다른 것에 민감하다. 어릴 때부터 보통의 모습과 다른 아이가 눈에 띄면 일단 경계하라고 배워왔기 때문이다. 그런 시선은 집단에서 누군가를 희생양으로 삼을 이유가 되고, 교실의 질서가 유지되는 데에는 늘 희생양이 한 명쯤 필요했다. 윤정도 그런 희생양 중 하나인 듯했다. 서영은 어떤 말을 해야 기분 상하지 않게 대화를 이어갈 수 있을지 고민하며 말을 골랐다. 윤정은 보채지 않고 기다렸다.

“나 사실 피구 자주 안 했어. 잘한다는 말도 이 학교에서 처음 들어. 그래서 연습하러 온 거야. 체육대회 때 못할까 봐.”

서영은 윤정의 고백에 어떤 말을 보태기보다 공평하게 자신도 비밀 상자 하나를 열었다. 윤정은 환하게 웃으며 연습 상대가 생겨서 좋다고 말했다. 정말 피구를 같이 할 사람이 생겨서 기쁘다는 진심이 묻어나는 표정이었다. 오른손을 마음대로 움직일 수 없어 공을 받거나 공격할 때 제약이 따를 게 분명한데도 윤정은 피구를 하는 내내 누구보다 자유로워 보였다. 서영은 윤정을 보며 자신의 방을 바다라고 상상할 때마다 천장에 둥둥 떠다니던 돌고래를 떠올렸다. 바다가 아무리 깊고 넓어도 즐겁게 수영하는 돌고래의 타고난 여유가 느껴졌다. 왼손에 오른손을 더해 흰 공을 잡아내는 윤정의 얼굴에 맑은 햇빛이 비쳤다.

8
초대

그날 이후 두 사람은 약속이라도 한 듯 매일 같은 장소에서 피구 공을 들고 만났다. 텅 빈 공터에서 쫓기듯 빠른 속도로 벽을 향해 공을 던져대던 서영의 연습에도 변화가 생겼다. 윤정의 공격에는 여백이 있었다. 공격과 공격 사이에 여지가 없는 서영과 달리 윤정은 공격을 한 뒤 다음 공격을 할 때까지 꼭 이전의 경기를 차분히 복기하는 바둑기사처럼 자신의 공격을 잠시 되돌아보는 듯했다. 공백을 거치고 난 윤정의 공격은 이전과 분명 차이가 있었다. 공을 그냥 던져대는 게 아니라 끝까지 잘 던지고 싶어 하는 마음이 느껴졌다.

윤정은 잘 따라와주지 않는 자신의 오른손을 어르고 달래며 끝까지 데리고 갔다. 마음대로 되지 않는 오른손을 기다려주며 두 손을 포개어 끝내 피구 공을 잡고야 마는 윤정을 보며, 서영은 한 자리에 뿌리를 내리고 가만히 제제를 기다리는 라임 오렌지 나무를 떠올렸다. 공을 던지는 동작 하나에서도 피구를 정말 좋아하는 마음이 느껴지는 윤정과 함께 연습하며 서영은 처음으로 피구의 재미를 느끼기 시작했다. 뿌리 없이 바람에 떠도는 민들레 홀씨 같았던 서영이지만 윤정과 함께 피구를 하다 보면 피구만큼은 뿌리를 내리고 끝까지 좋아할 수 있지 않을까 하는 생각이 들었다.

어쩐지 서영은 윤정에게 라임 오렌지 나무 이야기를 하고 싶었다. 하지만 아직은 아니라는 생각이 마음을 짓눌렀다. 이렇게 가끔 이서영만 아는 이서영이 튀어나오려는 순간들이 있다. 서영만 아는 비밀을 조금은 꺼내 보여줘도 좋을 것 같은 사람을 발견했을 때다. 그러나 이서영만 아는 이서영은 튀어나오다가 금세 쪼그라든다. 자신의 세계를 열어 보여주는 건 상대에게 이제 네 처분에 따르겠다고 선언하는 것과 다름없기 때문이다. 그러니 그건 자신에게도, 상대에게도 부담스러운 일이다. 서영은 차라리 윤정이 먼저 자신의 세계로 당당히 침범해오면 좋겠다고 생각했다.

"우리 집에 갈래?"

서영의 마음속 소리가 닿았는지 피구 연습이 끝난 후 윤정은 정확히 서영이 원하는 방식으로 손을 내밀었다. 윤정이 먼저 자기 자신을 보여주겠다는 뜻이었다. 서영은 윤정이 내민 손을 기꺼이 잡고 집으로 향했다.

윤정은 서영과 현지가 사는 아파트에서 조금 떨어진 빌라촌에 살고 있었다. 빽빽하게 자리 잡은 빌라 사이사이에는 오래전부터 이 동네를 지켜온 것 같은 다세대 주택들이 들어차 있었다. 윤정은 담벼락 윗부분이 장미 덩굴로 덮인 이층짜리 주택 앞에서 멈춰 섰다. 군데군데 기하학적인 무늬로 장식된 청동색 대문과 나무로 된 명패, 그리고 명패 위로 뻗어 있는 장미 덩굴. 반듯하게 똑 떨어진 아파트에서만 살아온 서영에게는 동화 같은 풍경이었다. 열쇠로 문을 여는 윤정의 모습이 비밀의 화원을 여는 주인과 겹쳐 보였다.

윤정의 방에는 서영이 좋아하는 책이 많았다. 대부분 몇 번을 읽었는지 분간되지 않을 정도로 페이지가 닳아 있었는데, 아빠가 헌책방에서 사주신 거라고 했다. 몇 명의 손때가 묻었는지 가늠할 수 없을 정도로 오래된 책이었지만, 책을 대하는 윤정의 모습에서는 바로 오늘 아침에 받은 크리스마스 선물을 열어보는 듯한 설렘이 느껴졌다.

오래된 책에서 나는 나무 냄새 때문인지 윤정의 방에서는 숲의 향기가 났다. 현지네 집에서 맡은 여유의 냄새와는 다른 종류의 좋은 냄새였다. 현지네 집에서 맡은 냄새가 편안하지만 열등감을 자극한다면, 윤정의 방에서 나는 숲의 향기는 어딘가 다른 세상에 온 것 같아 무방비로 마음을 내려놓게 되는 그런 냄새였다. 두 사람은 숲의 향기에 파묻혀 함께 책장을 넘겼다.

9
하수구

서영과 윤정은 약속이라도 한 듯 둘만 아는 비밀의 화원에서만 제대로 된 시간을 보냈다. 비밀의 화원은 학교 밖에서만 열렸다. 윤정은 서영이 부탁하지 않았음에도 학교에서는 먼저 다정하게 말을 걸지도, 친밀감을 표현하지도 않았다. 섭섭할 정도로 착실하게 거리를 두는 행동에 서영은 윤정이 이미 교실에서 누군가와 관계를 맺는 것은 깔끔하게 체념한 게 분명하다는 생각을 했다. 학교에서의 윤정은 그림자가 되기로 자청한 사람처럼 보였다. 서영은 그런 윤정의 모습에 목을 죄는 답답함과 서운함, 그리고 죄책감까지 느꼈지만, 학교에서는 여전히 유현지와 가장 친한 피구왕 이서영으로서 착실한 생활을 이어나갔다.

"야, 어디서 하수구 냄새나지 않아?"

어느 반에나 이름 대신 고약한 별명으로 불리는 아이가 있다. 서영의 반 아이 한 명은 '하수구'라 불렸다. 이수현이라는 이름이 있지만 냄새가 난다는 이유로 그렇게 불렸다. 아이들은 수현이 지나갈 때마다 수근거리거나 조롱했다. 아이들은 수현이 엄마가 돌아가셔서 아빠하고 둘이 살고 있으며, 위험하다고 소문난 동네에 산다고 했다. 또 매일 제대로 씻지도 않고 학교에 와 옆에 가면 불쾌한 하수구 냄새가 난다고 했다. 아이들은 여유의 냄새만큼이나 가난의 냄새에도 민감해서 가난한 생활양식에 대한 집단적인 혐오를 하수구라는 고약한 별명과 철저한 따돌림으로 드러냈다. 윤정이 교실 내 관계의 피라미드에서 배제되었다면, 수현은 피라미드의 최하위 계층에 있어 누구와의 관계에서도 약자였다.

교실에서 윤정이 그림자 같다면, 수현은 바닥에 붙은 껌 같았다. 어쩌다가 자신도 모르는 사이에 바닥에 떨어졌을 뿐인데 지나가는 모든 사람이 피하고, 가끔가다 밟게 되는 사람은 침을 뱉으며 욕을 했다. 이미 여러 번 밟혀 딱딱하고 납작해진 채 검게 눌어붙은 교실 바닥의 껌. 오늘도 아이들은 하수구를 걸고넘어지며 정글 같은 학교생활의 스트레스를 풀었고, 대부분의 아이들은 이를 묵인하며 이 기이하고도 집단적인 폭력에 가담했다. 서영도 변명의 여지가 없는 방관자였다.

"너 맞았잖아. 얼른 나가. 멍청하게 서서 뭐 하냐?"

피구 공이 몸에 맞아 땅에 곤두박질치는 소리가 들렸다. 그와 동시에 짜증스러운 목소리들이 수현을 향했다. 다른 아이였다면 충분히 땅볼이라며 넘어갔을 법한데, 팀을 막론하고 수현을 코트 안에서 제거하기 위해 너 나 할 것 없이 하나가 됐다. 수현은 무슨 말인가를 하려다 힘이 다 빠진 얼굴로 코트 밖으로 나가려 했다.

"방금 그거 땅볼 아냐?"

그때 갑자기 윤정이 말을 덧붙였다. 순식간에 모든 아이가 윤정을 쳐다봤다.

"뭐? 야, 그게 무슨 땅볼이야. 어이없다, 최윤정."

정은이 튀어나와 윤정에게 면박을 줬다. 당장이라도 손을 올릴 것 같은 기세에 눌릴 법도 한데 윤정의 눈동자는 흔들림이 없었다. 두 사람 사이에 팽팽한 긴장감이 흘렀다. 서영은 윤정이 현지네 무리에서 배제당한 이유를 알 것도 같았다. 윤정은 적당히 맞춰주거나 묵인하고 넘어가는 데는 소질이 없었다. 강자 앞에서 고분고분하게 꼬리를 낮추는 게 습관처럼 몸에 밴 서영과 달리, 윤정은 일부러 싸움을 일으키지는 않아도 싸워야 하는 순간에는 상대가 누구든 간에 꼬리를 낮추지 않았다. 윤정은 또렷한 눈빛으로 정은을 응시했다.

"이미 죽은 걸로 됐는데 무르는 것도 좀 아니지 않아?"

상황을 정리한 건 현지의 한마디였다. 현지는 땅볼이다 아니다로 판정을 내리기보다는 상황의 적합성을 이유로 윤정의 문제 제기를 뭉갰다. 그러자 아이들이 현지의 말에 한마디씩 거들었고, 아무도 편을 들어주지 않는 윤정의 주장은 힘을 잃었다. 서영 역시 수현이 맞은 공이 땅볼이라고 생각했지만 선뜻 나설 수가 없었다. 둘만 아는 비밀의 화원에서는 언제나 윤정의 손을 잡고 시간을 보내고 싶었지만, 학교에서는 이런 순간조차 나서지 못하는 자신의 비겁함에 속이 울렁거렸다.

"최윤정 갑자기 왜 저래? 하수구랑 베프라도 됐나?"
"최윤정도 옮아서 하수구 냄새 더 심해지는 거 아냐?"

정은을 비롯한 아이들이 독한 말로 윤정과 수현을 모욕하는 동안에도 서영은 아무 말도 하지 못했다. 아이들이 내뱉는 말은 말이 아니라 거슬리는 것들은 마구 뭉개버리는 망치질에 가까웠다. 이미 조용히 코트 밖으로 벗어난 수현과 코트 안에서 정은과 대치하고 있는 윤정은 맨몸으로 그 흉흉한 망치질을 견디내고 있었다. 이런 식으로 힘을 휘두르는 행위는 인간이 아닌 짐승에게나 어울리는 방식이었다. 현지는 한마디로 우아하게 상황을 정리한 후 거슬리는 애들을 알아서 제압하는 무리를 뒷짐 지고 바라보고 있었다. 입꼬리를 올려 정은에게 웃음을 보내는 현지의 모습을 보며 서영은 또다시 울렁거림을 느꼈지만 바로 다시 시작된 피구 경기에 집중할 수밖에 없었다.

10

안과 밖에서 배우는 것

서영에게 현지는 마땅히 있어야 하는 울타리를 공고하게 해주는 안전장치였고, 윤정은 울타리 너머로 서영을 이끄는 사람이었다. 학교 안에서는 현지 옆에 있으면 편한 점이 많았다. 윤정과 데면데면한 척하는 자신의 위선적인 모습이 싫기도 했지만, 유현지라는 강한 울타리가 주는 안정감은 그런 생각을 금방 날려버렸다. 하지만 사람은 안정감만으로는 현재 상황에 만족할 수 없는 동물이다. 학교 안에서 해결되지 않는 갈증, 울타리 안이 답답할 때면 윤정과 학교 밖에서 보내는 시간이 떠올랐다. 피구왕 이서영이 아닌 그냥 이서영으로 모든 걸 내려놓고 피구를 하고, 누군가에게 상처 주지 않고도 관계를 유지하고 재미있는 책을 읽으며 엉뚱한 상상을 하는 시간.

"야, 오늘 수업 끝나면 우리 집에 가서 영화 볼래?"

현지가 갑자기 서영을 비롯한 몇몇 아이들을 집으로 초대했다. 가끔 이렇게 예고 없이 울타리 밖의 시간을 침범받을 때도 서영은 울타리 안을 선택했다. 서영은 알겠다고 대답하고 자리로 돌아가 윤정에게 조용히 말했다.

"오늘은 같이 연습 못 할 거 같아."

윤정은 살며시 고개를 끄덕이곤 더 이상 묻지 않았다. 서영은 울타리의 안과 밖을 넘나들면서 이중생활을 하는 것 같아 마음이 불편한 순간이 많았는데, 특히 윤정이 이렇듯 초지일관 덤덤한 태도일 때 더 불편했다. 현지와 윤정은 기본적으로 관계를 이어가는 방식이 달랐다. 현지는 울타리 안에서 일어나는 모든 일이 자신의 영향력 아래 있기를 원했다. 관계를 관리하고 통제하는 모습은 독재자에 가까웠지만, 그만큼 울타리 안의 관계에 큰 애착을 보였다. 자신의 울타리 안에서 일어나는 일들에 관심이 많고 적극적으로 행동을 취하는 현지의 방식이 때로는 목을 죄는 답답함으로 느껴지기도 했지만, 확실한 보호 아래 있다는 안도감을 느끼게 해주었기에 아이들은 모두 순종했다.

반면 윤정은 어떤 강요나 통제도 없이 관계에 대한 결정권을 오롯이 상대방에게 넘겼다. 그래서 마음이 편안하기도 했지만, 한편으로는 그런 수동적인 태도가 둘 사이의 무게를 도무지 가늠할 수 없게 만들었다. 현지가 울타리로 선을 그어 관계의 안과 밖을 명확하게 가르는 사람이라면, 윤정은 애초에 울타리를 칠 생각이 없는 사람 같았다. 경계의 밖에서 울타리를 지그시 바라보며 선을 넘어 자신에게 다가오라고, 그러면 또 다른 세계가 펼쳐질 것이라고 조용히 속삭이는 게 윤정의 방식이었다.

서영은 이따금 보이는 윤정의 덤덤한 태도에 도리어 섭섭함을 느꼈다. 학교에서 따돌림 아닌 따돌림을 당하는 윤정에게 당당하게 다가가지도 못하면서, 윤정이 자신과의 관계를 가볍게 여기는 것 같다는 생각이 들 때마다 서운했다. 모순이라는 걸 알지만 이런 생각이 드는 건 어쩔 수 없었다.

현지네 집은 여전히 좋은 향기로 가득했다. 텔레비전과 소파 사이의 거리가 꽤 멀어 제법 영화관 분위기가 나는 쾌적한 거실에서, 외국어로 된 고급스러운 포장지에 싸인 과자를 하나씩 집어 먹으며 아이들과 둘러앉아 영화를 보았다. 과자는 현지의 엄마가 스위스로 출장 갔다가 사오신 거라고 했다. 부엌에서는 지난번에 인사를 드린 아주머니께서 저녁을 준비하시는 것 같았다. 우유와 버터가 섞인 듯한 고소한 냄새가 코를 자극했다.

"아까 최윤정 진짜 어이없지 않았냐? 걔 갑자기 왜 그러는 거야?"

"맞아. 왜 나대고 난리?"

"하수구랑 놀기로 했나 봐. 잘 어울리던데?"

느닷없이 윤정의 얘기가 나오자 서영은 풀리던 긴장의 끈을 다시 잡았다. 저마다 경쟁적으로 윤정에 대해 험담을 하기 시작했다. 서영은 어떤 말도 덧붙일 수 없어 화제를 전환할 기회만 노리고 있었다. 그 순간 현지와 눈이 마주쳤다. 현지는 서영을 응시하더니 입을 열었다.

"걔 원래 분위기 파악 못 했잖아. 어차피 우리랑 상관없는 애인데 신경 끄자."

'우리랑 상관없는 애.'

현지는 윤정에 대한 이야기를 이 한마디로 종결시켰다. 현지에게 윤정은 애초에 울타리 밖에 있는 아이이므로 고려 대상이 아니었다. 울타리를 넘어오려고 하면 분위기 파악을 못 하는 아이이고, 거슬리면 오늘처럼 간단히 울타리 밖으로 내쫓으면 되는 일이었다. 영역을 침범하는 아이가 있을 때마다 이런 식으로 배척하며 유현지만의 울타리를 공고하게 유지하는 방식에 여기 모인 모두가 동조하는 것 같았다. 하지만 서영은 분명 윤정과 교류하고 있었고, 당장 내일도 방과 후에 같이 피구를 하고 싶었다. 서영에게는 윤정이 '상관없는 애'가 아니었다. 서영은 지금 자신의 처지가 항로를 이탈해 엉뚱한 곳에 불시착한 비행선 같았다.

"걔 손도 불편하고 불쌍하잖아. 그냥 내버려 둬."

이번에는 '불쌍한 애'라고 했다. 대체 윤정이 왜 불쌍하다는 것일까. 윤정이 불쌍하다는 말에도 동의할 수 없었지만, 불쌍하다는 애를 교실에서 철저히 고립시키는 현지의 태도는 더욱 이해할 수 없었다. 그냥 내버려두라는 말과 상반되게 윤정을 가만히 두지 않는 장본인이 바로 현지였다. 윤정과 가까워지는 애들이 없도록 관리하고, 오늘 피구 시합 때처럼 윤정이 존재감을 드러낼 때마다 나서서 면박을 주는 애가 할 말은 아니었다.

어른들은 착한 아이는 상을 받고, 나쁜 아이는 벌을 받는다고 쉽게 말한다. 하지만 교실에서는 착하다고 상을 주고 나쁘다고 벌을 주지 않는다. 현지는 친구도 많고 담임 선생님도 가장 좋아하는 아이다. 공부는 물론 운동, 미술까지 다재다능해서 상도 많이 받는다. 반면 윤정은 반에서 공식적으로는 친한 친구가 단 한 명도 없는 아이다. 꼴찌는 아니지만, 공부를 특별히 잘하는 것도 아니고 상을 많이 받은 것 같지도 않다.

하지만 서영이 보기에는 현지와 윤정을 굳이 착한 아이와 나쁜 아이로 분류해야 한다면, 착한 아이는 윤정이었다. 윤정은 쓸데없는 험담을 입에 올리지도 않고, 사람의 겉모습만 보고 섣부른 판단을 하지도 않는다. 남들보다 조금 불편한 오른손이 눈에 잘 띄지 않을 정도로 무난하게 학교생활을 하면서 운동도 열심히 하는 착실함까지 갖췄다.

그런데도 교실에서 매번 칭찬과 상을 독차지하는 건 윤정이 아니라 현지다. 어릴 때부터 읽은 많은 이야기책의 결

말에서는 착한 사람이 상을 받고 나쁜 사람이 벌을 받았지만, 교실에서는 그런 일이 일어나지 않는다. 어른들도 학교에 다녔으면서 왜 아이들에게 솔직하게 얘기해주지 않는 것일까. 집에서는 착하면 상을 받고 나쁘면 벌을 받는다는 단순하고 모호한 말로 인성교육을 끝내버리고 아이들을 학교로 보내지만, 막상 교실에서는 전혀 다른 풍경이 펼쳐져 그동안 배운 것은 다 잊고 다시 배워야 한다.

현지가 내버려두라는 말을 한 뒤에도 아이들은 이야깃거리가 떨어질 때마다 윤정과 수현을 입에 올리며 시간을 죽였다. 서영은 그럴 때마다 아무 말도 하지 못한 채 울타리의 가장자리에서 서성였다. 얼른 이 자리를 벗어나고 싶다는 생각뿐이었다.

11

나의 라임 오렌지 나무

서영은 현지의 집을 나와 걸으며 윤정을 생각했다. 방과 후 둘만 아는 장소에서 서영을 기다리고 있는 윤정, 함께 피구를 하고 책을 읽는 윤정, 학교에서는 현지 옆에 있는 서영을 뻔히 보면서도 아무 말도 하지 않는 윤정. 서영에게 윤정은 울타리 안에서의 갑갑한 생활을 견디게 해주는 존재였다.

그렇다면 윤정에게 서영은? '네가 누구와 놀든 아무래도 상관없다'는 식의 수동적인 태도로 일관하는 윤정에게 서영은 어떤 의미일까. 윤정에 대한 모든 게 안개 낀 하늘처럼 모호했지만, 서영은 지금 당장 윤정을 만나고 싶었다. 서영은 무작정 피구 연습을 하던 공터로 향했다.

"어? 오늘 못 온다더니?"

서영의 마음속 소리를 듣기라도 한 건지 공터에는 여느 때와 같이 윤정이 흰 공을 들고 서 있었다. 서영은 텅 빈 공터에서 혼자 피구 연습을 하는 윤정을 보는 순간 알았다. 윤정은 서영을 기다리고 있었다. 현지네 집에 간다고 말한 오늘도 혼자 공을 들고 나와 피구 연습을 하는 윤정은 어쩌면 매일매일을 오늘 같은 마음으로 기다렸을 것이다. 서영은 윤정이 관계에 아무런 미련이 없어 초연했던 게 아니라, 언젠가는 서영이 먼저 다가와 주리라 믿고 기다렸다는 것을 느낄 수 있었다. 교실에서 단 하나 남은 관계가 혹시라도 끊어질까 봐 조심스러워서 조용히 기다릴 수밖에 없었던 윤정의 마음이 보였다. 그 순간 서영은 와락 눈물이 쏟아질 것 같았다.

"미안해. 미안해, 윤정아."

서영은 다짜고짜 미안하다는 말을 내뱉고는 참았던 눈물을 흘렸다. 서영은 볼을 타고 흐르는 눈물을 대충 훔치며 윤정에게 다시 미안하다고 말했다. 윤정은 갑작스러운 서영의 눈물과 사과에도 아무 말없이 다가와 서영을 달랬다. 말없이 서영을 토닥이는 손길이 다 괜찮다고 위로하는 것 같았다.

눈물이 잦아든 후 둘은 공터 옆에 있는 놀이터로 가서 그네 위에 하나씩 자리를 잡고 앉았다. 어린애같이 눈물을 보였다는 생각에 머쓱해진 서영은 어떤 말을 꺼내야 할지 머릿속으로 생각을 정리하고 있었다. 그때 윤정이 먼저 정적을 깼다.

"현지네 집에서 무슨 일 있었던 거야?"

윤정은 오늘 체육 시간에 현지네 무리와 충돌이 있었기

에 현지네 집에서 애들이 어떤 얘기를 했을지 어느 정도 짐작하고 있을 터였다. 그래도 있는 그대로 얘기하면 기분이 상할 게 분명했기에 서영은 현지네 집에서 벌어진 일은 말하지 않기로 했다.

"아니, 그게 아니라, 아까 낮에 나도 네 말이 맞다고 생각했는데 편 못 들어줘서 미안해. 그리고 요즘 학교에서도……."

서영은 여기까지 말을 하고 더는 잇지 못했다. 하지만 윤정은 생략된 뒷말을 듣지 않아도 안다는 듯이 서영을 향해 웃어 보였다.

"아니야. 네가 뭐가 미안해. 그리고 학교에서는……."

윤정도 여기까지 말을 하고는 더 이상 잇지 못했지만, 이번에는 서영이 뒷말을 알 것 같았다. 지금 학교에서 자신의 처지가 어떤지 모를 리 없었다. 윤정은 현재 상황을 너무나 잘 이해하고 있기에 서영의 이중생활이 흠이 되지 않는다고 얘기하고 싶었을 것이다.

"아, 그리고…… 미안한 거는 나보다는 수현이 쪽이 더……."

윤정이 직설적으로 얘기하지 않았지만 서영은 행간을 읽을 수 있었다. 다시금 마음이 답답해졌다. 수현에게 모진 말을 한 적은 없지만 늘 시선을 피하기에 급급했다. 오늘만 해도 땅볼로 보였는데도 한마디도 할 수 없었다. 이 대단하지 않은 작은 마음으로 당장 할 수 있는 일은 하나뿐이었다.

"내일부터 '수현아'라고 이름 꼬박꼬박 부르자."

"그래, 좋다. 하수구라고 부르는 애들 없을 때까지."

서영의 제안에 윤정이 좋은 생각이라고 말했다. 혐오가 덕지덕지 붙은 고약한 별명이 교실에서 자취를 감출 때까지 우선 두 사람은 수현의 이름을 최대한 또박또박 많이 부르기로 했다. 윤정과 얘기를 나누며 서영은 교실 내 피라미드가 어떻게 생겼든 간에 유현지라는 맹수가 자기 옆에 딱 붙어서 감시를 하든 말든 간에, 윤정과 함께 보내는 시간이 즐겁다는 사실이 너무나 분명하다는 생각을 했다. 오늘은 피구 대신 소설책을 읽고 싶었다. 다른 건 생각할 필요도 없었고, 생각하고 싶지도 않았다. 오늘만큼은 윤정에게 먼저 손을 내밀어야 했다.

"오늘은 우리 집에 가서 책 읽을래?"

전학 후 집에 친구를 들이는 건 처음이었다. 엄마는 집에 늦게 들어온 서영에게 뭐라고 하려다 뒤따라 들어온 윤정을 보자마자 반색을 하며 부드러운 목소리로 말했다.

"어머, 예쁘게도 생겼다. 네가 현지니?"

"아니야, 엄마. 얘는 윤정이야. 최윤정."

윤정에게 현지냐고 묻는 엄마의 말이 끝나자마자 서영은 얼른 윤정을 소개하며 얼굴을 살폈다. 다행히 윤정은 개의치 않는 듯 바로 두 손 모아 공손히 인사를 했다. 엄마는 반에서 1등이라는 유현지밖에 서영의 친구를 모르기 때문에 당황한 것처럼 보였지만, 이내 서영이 매일 놀던 친구가 아니라 다른 친구도 데려왔다는 사실에 기뻐하며 윤정의 인사를 반갑게 받았다. 교실에서 윤정이 처한 상황이 어떠한지 엄마가 알게 되는 순간 서영과 윤정의 우정 전선에도 불편한 간섭이 들어올 게 뻔했다. 서영은 더 이상의 질문은 차단하기 위해 서둘러 방으로 들어갔다.

서영이 친구를 집으로 데려오는 일이 드문 이유는 방을 공유하는 게 선뜻 내키지 않아서였다. 서영의 방은 오직 이서영만 아는 이서영이 사는 아주 개인적인 우주였다. 그래서 방에 누군가를 들이는 게 쉬운 일은 아니었다. 전학을 오기 전에도 서영은 항상 오래된 친구 몇몇만 집에 초대하곤 했다. 그리 오래 알고 지낸 것도 아닌 윤정을 초대한 것은 이례적이었다. 윤정은 서영이 그랬듯 방에 들어서자마자 서영의 방에 빽빽하게 꽂혀 있는 책들을 둘러보다가 그 중 한 권을 뽑아 들었다.《나의 라임 오렌지 나무》였다.

"그 책 좋아해?"

서영이 반가운 마음에 물었다. 윤정은 좋아하는 소설이라고 답했다. 서영은 흥분을 감추지 못하고 자기도 제일 좋아하는 소설이라며 책에 관한 얘기를 시작했다. 그날 서영은 자신만 아는 이서영의 오랜 꿈을 윤정에게 말했다. 둘은 말없이 책 속으로 빠져들어 갔다. 서영은 문득 2주 만에 비로소 책을 읽는다는 사실을 깨달았다. '피구왕 서영'이 된 지 2주 만의 일이었다.

다음 날 서영은 자리에 앉으며 윤정에게 "안녕!" 하고 짧게 인사를 건넸다. 윤정 역시 서영에게 손을 흔들며 인사를 받은 후 여느 때처럼 학교에서는 어색한 사이를 연기하듯 이내 입을 다물었다. 서영은 그런 윤정의 모습을 보자마자 마음을 굳힌 듯 다시 말을 걸었다.

"과학 수행평가는 다 했어?"

특별할 것 없는 일상적인 질문에 윤정이 놀란 눈으로 서영을 바라보았다. 학교에서는 일상적인 대화조차 나누지 않았던 기이한 관계에서 서영이 드디어 한 발을 내디디며 변화를 시작한 것이다. 윤정이 슬쩍 현지네 무리가 앉아 있는 뒤쪽을 살피는 듯했다. 굽히기 싫어하는 윤정이 이렇게 눈치를 보는 건, 행여나 서영이 불편한 상황을 겪을까 봐 걱정되기 때문이라는 걸 느낄 수 있었다. 사실 서영도 뒤를 돌아 현지가 자신을 예의주시하고 있는지 확인해보고 싶었지만, 그 마음이 고마워 슬금슬금 올라오는 두려움을 꾹 누르고 윤정에게 한 번 더 말을 걸었다.

"과학 수행평가 아직 시작 못 했는데 관찰일지 쓰는 거 같이 할래?"

"그래, 같이 하자. 우리 집에 갈까?"

마침내 윤정도 서영의 용기를 받아들였는지, 서영의 말

에 되물었다. 서영은 윤정에게 그러자고 대답했다. 뒤에 앉아 있는 현지나 정은이 자신들을 보고 있는지 아닌지는 끝까지 확인하지 않았다.

12
기회

체육대회가 일주일 앞으로 다가왔다. 체육 시간마다 하는 피구 연습은 점점 더 진지해졌다. 사소한 실수에도 서로 날을 세우기 일쑤였고, 특히 현지는 승리에 방해되는 것들은 용납하지 않았다. 현지에게는 자기 반을 1등으로 만들겠다는 분명한 목표가 있는 듯 코트 안의 플레이가 물 흐르듯 순조롭게 흘러가도록 아이들을 감독하는 데 전력을 기울였다.

"야, 최윤정. 너 왜 자꾸 공을 놓쳐?"

현지의 날 선 감독에는 윤정도 포함되었다. 현지는 줄곧 윤정에게는 직접 말을 걸지 않고 결정적인 순간에만 정은이처럼 행동이 빠른 아이들을 뒤에서 조종하며 나서곤 했는데, 피구 코트 안에서는 윤정에게도 직접 말을 걸기 시작했다. 그 모습이 이빨을 숨기고 있다가 마침내 으르렁거리기 시작한 맹수와 같았다. 목표를 향해 달리는 현지의 모습이 너무 진지하고 맹목적이어서 서영은 자신에게 하는 말이 아닌데도 현지가 짜증 섞인 목소리로 실수를 지적할 때마다 자신도 모르게 긴장했다.

현지는 아직 서영에게 피구왕이라 부르며 장난을 치곤 했다. 아이들 앞에서 "서영이 같은 애 몇 명만 더 있어도 우리 반이 이기겠다!"는 말도 서슴없이 했다. 서영은 이제 현지가 피구왕이라고 부르는 말이, 자신을 코트 안에서 마음대로 조종하기 위한 명령어처럼 느껴져 부담스럽기까지 했다.

"서영아, 표정이 왜 그래?"

"응? 표정이 왜? 아무것도 아냐."

복잡한 머릿속이 표정으로 드러난 건지 현지가 서영에게 물어왔다. 서영은 금방 표정을 풀고 현지에게 아무 일 없다는 듯 대답했다. 서영의 대답이 끝나자마자 현지가 기다렸다는 듯 말을 이었다.

"아니, 난 또 최윤정한테 내가 뭐라고 해서 표정이 안 좋은 건가 했지."

"뭐?"

"너 요즘 최윤정이랑 친해진 것 같아서."

그 순간 선생님의 호루라기 소리가 들려왔고 아이들이 삼삼오오 운동장 가운데로 향했다.

"끝났네. 가자."

"아…… 그래, 가자."

서영은 현지에게 어떤 말도 하지 못하고 바보같이 말을 얼버무리고 말았다. 윤정과 교실에서 대화하기 시작한 순간부터 언젠가는 이런 날이 오리라는 건 예상했지만, 생각보다 직설적인 현지의 말에 아무 대꾸도 할 수 없었다. 현지가 답을 들으려고 한 말은 아니라는 건 분명했다. 아무리 자리가 떨어져 있더라도 좁은 교실에서 윤정과 서영이 친근한 대화를 나누는 건 눈에 띄는 일이었다. 또 서영의 침묵이 현지에게는 이미 충분한 답이 되었을 것이다. 이제 현지에게 어떤 말을 하더라도 돌이킬 수 없다고 생각했다.

서영의 생각과 달리 현지는 그리 화가 난 것 같지도, 흥분한 것 같지도 않았다. 순리대로라면 전학 첫날의 경고를 무시하고 결국 윤정과 가까워진 서영에게 어떤 벌이 내려져야만 했다. 그런데도 현지의 태도가 생각보다 잠잠하자 서영은 오히려 더 걱정되기 시작했다. 서영은 지금이 어쩌면 폭풍이 닥치기 전 잠잠한 바다와 같은 상태일지도 모른다는, 도무지 답이 나오지 않는 걱정을 하며 침묵을 지키는 현지와 나란히 운동장을 걸었다.

조금 떨어진 곳에서 서영과 현지 쪽을 쳐다보는 윤정이 보였다. 꽤 거리가 있어 윤정의 얼굴이 어떤 표정인지는 잘 보이지 않았다. 아마도 걱정하는 표정이려나. 윤정을 볼 때면 몇 번이고 담금질을 당해 온몸이 타는 고통을 겪다 마침내 단단해진 쇳덩이가 생각날 때가 있다. 지금껏 서영은 담금질을 당하지 않으려 이리저리 피해 다녔다. 그 결과 여태껏 힘들이지 않고 살아남았지만 단단해질 수는 없었다. 아마도 윤정은 앞으로 서영이 생애 처음으로 겪게 될 담금질을 함께 걱정하고 있을 것이다.

"서영아."

현지가 나직한 목소리로 서영을 불렀다.

"응?"
"아직 다른 애들은 몰라."

현지가 내뱉은 말에는 목적어가 없었다. 하지만 묻지 않아도 생략된 목적어를 알 수 있을 것 같았다. 현지는 서영에게 마지막 기회를 주겠다는 말을 한 것이다. 울타리를 부수고 나간 양 한 마리를 찾으러 온 목동마냥 서영을 살살 꾀고 있었다. 하지만 서영은 울타리 안이 불편했고, 그 안의 양들과는 잘 지낼 수 없어 다른 곳으로 옮기기를 선택했다. 결국 유현지가 만든 울타리 안으로 다시 들어갈 수 없다는 얘기를 해야만 했다. 하지만 이런 얘기를 명확하게 입 밖으로 뱉을 수는 없었다.

교실에서 형성된 관계는 말로 간단하게 정리하고 끝낼 수가 없다. 주말을 제외하고는 날마다 얼굴을 보고, 하루 반나절 이상 붙어 있어야 하는 상황에서 특정 집단과 관계 종료를 선언하는 순간 불편한 관계가 될 아이들이 생기기 때문이다. 게다가 현지와 같은 교실의 우두머리와 틀어지는 순간 서영이 겪게 될 불편함은 눈에 선했다. 현지는 아직 인내심이 남아 있었는지 대답을 강요하지 않고 교실로 먼저 들어갔다.

13
피구왕과 피구 노예

학교에서 하는 피구 경기와 별개로 방과 후 공터에서 하는 서영과 윤정의 은밀한 피구 연습 역시 계속되었다. 한 가지 큰 변화가 있다면 매일 피구만 하지는 않는다는 점이었다. 책을 읽고 싶을 때는 서로의 집에 가서 함께 책을 읽기도 했다. 책을 읽는 날과 피구를 하는 날을 딱히 정해놓지는 않았다. 그때그때 하고 싶은 걸 했다. 매일 피구만 하던 때에 비하면 연습 시간은 확실히 짧아졌다. 그래도 피구공을 잡는 서영의 마음이 조금 더 편해진 이유는 이제 하고 싶을 때만 피구를 하기 때문이었다.

체육 시간에 피구 시합을 할 때면 모두가 서영을 '피구왕 서영'이라고 불렀지만, 이상하게도 서영은 정작 방과 후 공터에서 연습할 때 '진짜 피구왕'이 된 것 같았다. 부담 없이 흰 공을 들고 몸을 움직이는 즐거운 피구. 그런 피구를 할 때 서영은 비로소 피구왕이라는 왕관을 쓴 것 같았다.

체육 시간의 피구 경기는 즐거운 피구와는 거리가 있었다. 실수를 허용하지 않는 피구, 한 명이라도 더 죽여야 인정받을 수 있는 피구, 마지막으로 유현지라는 감독관 아닌 감독관이 있는 피구. 서영은 피구왕이 아니라 '피구 노예 서영'이 된 것 같았다.

학교에서는 모든 일에 순번이 매겨지는데 이런 등수 문화에는 신비한 힘이 있다. 앞 순위에 들지 못하는 모든 것이 의미가 없어지고, 학교에서 진행하는 모든 일의 목적은 오로지 순위가 되어버린다. 정말 공부하는 게 좋아서 공부한다든가, 운동하는 게 좋아서 운동하는 등의 순수한 동기는 애초에 필요도 없다. 좋아하든 말든 앞 순위에 들기 위해 당연히 해야 하는 활동일 뿐 '무슨 과목, 어떤 운동을 좋아한다. 그래서 계속한다'는 것은 고민할 가치도 없는 문제다. 자신이 무엇을 좋아해서 계속하고 싶은지는 생각할 틈도 없다.

"윤정아, 너는 피구를 왜 해?"

"피구? 재미있으니까."

"그렇지? 너도 피구가 재미있지?"

서영은 윤정과 피구 연습을 하며 피구를 하는 이유를 물었고, 윤정 역시 피구가 좋아서 한다고 말했다. 혼자서 벽에 흰 공을 튕기며 받는 연습을 하던 윤정은 이제 제법 오른손만으로도 공을 잡는 데 익숙해졌다. 오늘 학교에서 피구를 하다 현지에게 짜증 섞인 타박을 들은 윤정의 모습이 떠올라 서영은 다시 물었다.

"그럼 이렇게 우리 둘이 하는 피구 말고 학교에서 하는 피구도 재미있어?"

"재미있어. 왜?"

"음…… 나는 요즘 학교에서 하는 피구가 재미없는 것 같아서."

윤정은 튕기던 공을 잡아 서영 쪽으로 휙 던졌다. 서영은 반사적으로 손을 뻗어 흰 공을 품에 안았다.

"지금 공 잡을 때 무슨 생각했어?"

"네가 갑자기 던졌는데 무슨 생각을 해."

윤정의 엉뚱한 질문에 서영이 어리둥절한 표정으로 대답했다.

"그러니까. 학교에서 하는 피구도 생각 말고 그냥 해."

"아니, 그런데…… 실수하면 뭐라고 하고……."

서영은 속으로 '아차' 싶었다. 윤정이 덤덤하게 보여도 낮에 현지 때문에 상처를 받았을 텐데 혹시나 그 일을 떠올리게 했을까 봐 미안한 마음이 들었다.

"애들이 뭐라고 하는 것 때문에 좋아하던 걸 싫어하게 되면 너무 슬프잖아. 이렇게 거의 매일 하고 있을 정도로 좋아하는데."

그렇다. 서영은 이렇게 좋아하는 피구를 싫어하게 되는 상상을 하는 것만으로도 슬펐다. 좋아하는 일이라고는 방에서 혼자 책 읽는 시간뿐이었고, 이제 피구가 추가되어 겨우 두 가지로 늘어났는데 둘 중 하나가 없어지는 건 참으로 큰일이었다.

윤정의 말에서 서영은 어떤 울림을 느꼈다. 윤정의 말처럼 서영은 방과 후 거의 매일 피구 공을 잡고 있었다. 물론 윤정과 노는 시간이 재미있기 때문이기도 하지만 코트 안에서 피구를 하는 시간 자체가 좋았기에 가능한 일이었다. 시작은 피구왕 서영의 명성에 금이 가는 일이 생겨서는 안 된다는 부담이었는지 몰라도, 이제는 좋아하는 책 읽는 시간이 줄어들었음에도 피구 공을 여전히 손에서 놓지 않고 있었다. 이렇게 매일 찾을 정도로 좋아하는 피구를 싫어하게 된다는 건 상상도 하고 싶지 않았나. 학교 밖에서도 안에서도 피구는 피구였다.

14
피구는 피구다

체육대회를 3일 앞두고 6반 아이들과 피구 연습 경기를 하는 날이었다. 체육복을 챙겨 입은 아이들이 일렬로 서서 짝을 맞췄다. 경기를 앞두고 체육 선생님의 호루라기 소리에 맞춰 준비운동을 시작했다. 서영의 자리는 현지의 바로 옆이었고, 어깨를 돌리던 현지와 눈이 마주쳤다. 현지는 서영에게 마지막 기회를 통보한 그날 이후 먼저 말을 걸지 않고 있었다. 서영은 자존심 센 현지가 계속 자기 옆자리에 두던 이서영이 최윤정을 선택했다는 사실을 인정하기가 쉽지 않을 거라 짐작할 뿐이었다. 현지가 준비하고 있는 벌이 무엇이든 간에 서영에게는 이제 윤정과 피구가 있었다. 여전히 무섭긴 하지만 자신의 선택을 받아들일 준비는 되어 있었다.

현지의 눈에는 벌써 승부욕으로 점화된 불꽃이 일렁이고 있었다. 서영은 부담감이 밀려오려 했지만, 어제 윤정이 얘기한 "학교에서 하는 피구도 생각 말고 그냥 해."라는 말을 떠올리며 마음을 다잡았다. 오늘 서영의 목표는 '생각 없이 피구하기' 하나였다. 일부러 현지 쪽으로는 시선을 돌리지 않으려 애쓰면서 피구에만 집중하려 했다.

"자, 그럼 양 팀 대표 뒤로 돌아 가위바위보 하자."

"가위바위보!"

경기가 시작됐다. 아이들은 빠른 속도로 오가는 흰 공을 눈으로 쫓으며 공을 잡고, 던지고, 내리꽂았다. 6반에 운동을 잘하는 아이가 많다는 소문이 사실이었는지 경기가 시작된 지 꽤 되었는데도 코트 안에 있는 아이들의 숫자가 좀처럼 줄어들지 않았다. 아이들은 요리조리 공을 잘 피해 다녔다. 그때 서영의 반에 기회가 찾아왔다. 서영이 공을 들어 등을 돌리고 있던 6반 아이에게 던졌다.

툭.

흰 공이 그 아이의 등을 맞고 떨어졌다. 성공이었다. 예전 같으면 습관적으로 현지의 표정을 살폈겠지만 서영은 일부러 시선을 피했다. 시선은 오로지 흰 공에만 두었다. 경기 중 시선을 둘 데가 없거나 불안할 때면 윤정 쪽으로 시선을 돌렸다. 일부러라도 윤정을 쳐다보면서 지금 하는 피구도 방과 후에 하는 연습과 똑같은 피구라는 사실을 되새겼다. 윤정과 시선이 엇갈리기도 했고, 때로는 윤정과 시선이 맞닿아 눈인사를 나누기도 했다.

"아!"

수현이 정은의 발에 걸려 넘어졌고, 그때 마침 상대 팀이 던진 공이 날아와 넘어진 수현의 등에 맞았다. 넘어지는 순간 날아온 공이라 아웃은 아니었다. 그런데도 정은은 도리어 자기 앞에 넘어진 수현에게 짜증을 내며 코트 밖으로 밀어내려 했다.

"아 뭐야 진짜. 하수구 너 때문에 나도 넘어질 뻔했잖아. 빨리 나가."

"정은아, 수현이가 넘어진 사이에 맞은 공이니까 아웃은 아니지 않아?"

"뭐? 아, 최윤정 진짜. 너 하수구 되게 좋아하나 보다."

또 윤성이었다. 윤정은 수현의 이름을 정확히 대며 아웃은 아니라는 사실을 말했다.

"내 생각에도 수현이가 아웃은 아닌 것 같아……."

뒤에 있던 서영이 조심스러운 목소리로 윤정의 말에 힘을 실었다. 정은은 서영까지 가세하자 당황스러운 얼굴로 현지 쪽을 쳐다보았다. 그때 경기가 중단된 채 늘어지자 6반 아이들이 "넘어져 있었던 게 맞으니까 그냥 계속하자."고 아우성을 쳤다. 눈치만 보고 있던 서영의 반 아이들도 아우성을 틈타 "그냥 빨리 시작하자."는 말로 상황을 마무리하라고 종용했다. 결국 수현은 '아웃'으로 처리되지 않고 코트 안에서 계속 경기를 같이 할 수 있었다. 수현이 경기를 하다 서영 근처에 왔을 때 작은 목소리로 "고마워."라고 말했다.

팽팽하게 진행되던 경기는 어느덧 양편 코트 안에 단 한 명씩의 주자만 남았다. 서영의 반에는 현지만 남아 있었다. 현지는 필사적으로 날아오는 공을 피해 다녔다. 등 뒤에도 눈이 달렸나 싶을 정도로 정확하게 공을 피하는 현지의 모습에서는 의지가 느껴졌다. 이기겠다는 의지가 현지를 강하게 만드는 것 같았다. 여러 방향에서 날아오는 공을 능숙하게 피하는 현지의 모습에서 서영은 전학 첫날 피구 공이 날아오면 마치 총알이라도 본 듯 필사적으로 피하며 열심히 피구를 했던 자신의 모습을 보았다.

그때 현지의 어깨 쪽으로 공이 날아왔다. 현지는 다시 한 번 몸을 돌려 피했지만 이번에는 공이 조금 더 빨랐다. 현지의 어깨를 때리고 지나간 공은 바닥에 떨어져 도르르 굴러갔다. 6반의 승리였다. 6반 아이들은 함성을 지르며 마지막까지 남아 있던 아이에게 다가갔다. 멍하니 서 있던 현지의 얼굴이 일그러졌다. 보기 흉할 정도로 구겨진 표정은 아니었지만, 분명한 불쾌함이 서려 있었다. 서영의 반 아이들은 현지의 꿈틀거리는 눈썹을 보며 서로 눈치만 보았다. 몇몇 아이는 먼저 손을 씻겠다며 삼삼오오 수돗가로 가버렸다. 그때 정은이 현지 옆으로 다가가 명랑한 말투로 말을 걸었다.

"현지야, 잘했어!"

숨 막히는 어색함을 깬 정은의 낭랑한 목소리가 울려퍼졌다. 현지는 그 말을 듣자마자 어이가 없다는 어조로 정은에게 되물었다.

"뭘?"

"어? 아니…… 너 마지막까지 잘했으니까……."

"잘했으면 이겼겠지."

현지의 말에 정은은 당황하며 할 말을 잃었다.

"넌 왜 그렇게 봐?"

이윽고 불똥이 서영에게 튀었다. 서영은 그저 옆에서 상황을 지켜보고 있었을 뿐인데 현지가 이런 식으로 갑작스럽게 시비를 걸어오자 무슨 말을 해야 할지 알 수 없었다. 서영이 조심스럽게 입을 뗐다.

"…… 내가 뭘?"

"자꾸 째려보잖아, 너. 나 때문에 졌다 이거야? 왕따랑 노는 게 불쌍해서 봐줬더니."

현지가 서영에게 준 기회는 거기까지였다. 오늘의 패배로 기분이 바닥을 치자, 현지의 마지막 인내심도 다한 게 분명했다. 서영은 예고 없이 뺨을 맞은 기분이라 억울하기도 했지만 대꾸할 내용도 아니라 말없이 서 있었다. 여태껏 능숙하게 아이들을 조종하던 현지가 패배 앞에서는 다른 사람을 조종해 분풀이할 생각을 하지 못하고 악을 썼다. 서영이 계속 말이 없자 현지는 분풀이를 끝내고 짜증스러운 눈빛을 감추지 못한 채 휘적휘적 교실 쪽으로 걸어갔다. 계속 현지 옆에서 서영을 노려보던 정은도 같이 가자며 현지의 뒤를 따랐다. 다른 아이들도 그 뒤를 졸졸 따라갔다. 기분이 나쁜 현지를 달랠 수 있는 능숙한 사람은 없어 보였다. 아이들은 현지의 기분을 맞추기에 급급해 서영은 신경 쓸 여력조차 없어 보였다.

서영은 그 틈을 타 윤정에게 우리도 같이 손 씻고 교실로 가자며 이끌었다. 수돗가로 가는 동안에도 패배로 일그러진 현지의 얼굴과 자신에게 분풀이하던 말투가 떠올라 서영은 즐겁지가 않았다. 오늘은 제법 아무 생각 없이 피구를 재미있게 한 것 같은데도 결과가 나쁘니 역시 끝맛은 씁쓸했다.

이런 기분이 패배 때문인지, 아니면 아이들에게 분풀이하며 분위기를 얼어붙게 한 우두머리 유현지라는 존재 때문인지 알 수 없었다. 윤정이라면 답을 줄 수 있을지 궁금했다. 하지만 어쩐지 윤정에게는 현지에 관한 이야기를 꺼내는 것조차 미안해 망설여졌다. 현지네 무리 때문에 고립당했던 시간이 떠오를지도 모른다는 걱정에 현지 얘기는 꺼내지 않기로 마음먹었다.

"서영아, 왜 그래? 아까 현지 때문에 그래?"

"아니야. 오늘은 피구 재미있게 하고 싶었는데, 오늘도 재미가 없었던 것 같아서……."

윤정이 서영의 심란한 얼굴을 바로 읽고 물었다. 서영은 별것 아니라는 말투로 대답했다. 어차피 윤정에게 말을 건 그 순간부터 이런 일은 각오한 터였다. 오늘에서야 그 순간이 와서 차라리 홀가분하기까지 했다. 다만 오늘도 즐거운 피구를 하지 못했다는 게 마음에 걸렸다. 이런 식으로라면 곧 피구가 싫어질 것만 같아 그게 걱정이었다. 피구만 생각하면 분명 재미있었다. 피구는 죄가 없다. 즐거운 피구를 피구답지 못하게 만드는 것들이 문제다.

15

체육대회

탕!

출발을 알리는 소리와 함께 흰 화약 가루가 공중에 흩어진다. 출발선에서 한쪽 무릎을 땅에 대고 대기하고 있던 아이들이 일제히 내달린다. 서영도 열심히 달린다. 앞으로, 또 앞으로 두 팔과 다리를 힘껏 움직이며 50미터를 달려 결승선에 도착한다. 도착과 동시에 팔목이 붙잡히고, 팔목을 붙잡은 사람은 서영의 팔 안쪽에 숫자 2가 적힌 커다란 도장을 찍는다. 서영은 팔 안쪽에 찍힌 보라색 숫자 2를 바라본다. 양옆에는 서영과 비슷하게 들어와 팔에 숫자 3, 그리고 숫자 1이 찍힌 아이들이 서 있다. 여섯 명이 함께 달렸지만 도장은 세 명까지만 받을 수 있었다.

"자, 다음은 달리기 1등, 2등, 3등 나와."

이윽고 교실에서 시상식이 열린다. 팔목 안쪽에 도장을 받은 1, 2, 3번만 상품을 받을 수 있는데, 순위가 높을수록 상품의 크기가 크고 좋다. 서영은 자신의 팔목에 있는 숫자 2가 2등을 의미하며 3등보다는 낫지만 최고는 아니라는 사실을 새삼스럽게 깨닫는다.

"서영아, 일어나야지."

엄마가 이불을 돌돌 말고 잠든 서영의 몸을 흔들었다. 눈을 뜬 서영은 자신이 꾼 꿈을 떠올렸다. 그건 첫 운동회 때의 기억으로 마치 어제 일처럼 생생했다. 특히 운동회 때 결과에 따라 팔목 안쪽에 도장을 찍어주던 기억은 도장의 감촉과 색감까지 아주 생생하게 재현되었다. 학교에서는 공부건 운동이건 마치 소고기처럼 등급을 매겨 관리했다. 서영은 오랜만에 첫 운동회의 기억을 더듬으며 우승에 목숨을 거는 듯한 현지의 눈빛을 떠올렸다. 현지처럼 체육대회 반 대항 피구 경기에 눈에 불을 켜고 달려드는 아이들이 있는 건, 어쩌면 학교가 원하기 때문이라는 생각이 들었다. 우승을 차지해 1등 반이 되겠다는 현지의 목표는 아이들의 첫 운동회 때부터 등급을 매겨 상품을 차등 지급하며 경쟁을 부추겨온 학교의 방식에서 비롯된 것일지도 모른다.

서영은 자신이 현지만큼 모범적인 학생은 아닌 것 같다고 생각했다. 서영은 피구를 할 때 누가 실수를 하더라도 현지처럼 화가 나지도 않았고, 누가 잘하더라도 현지만큼 뿌듯해하지도 않았다. 1등 반이 되는 것보다 오늘은 피구를 재미있게 했는지 아닌지가 더 중요했기 때문이다. 지금 서영이 피구왕 서영으로 불릴 만큼 피구를 잘하는 이유는 단 하나였다. 지금까지 피구가 즐거웠기 때문이다.

전학 첫날 뜻밖에 피구로 주목받아 우연히 시작하게 되었지만 윤정과 연습을 하면서 진짜로 피구가 재미있어졌다. 그러나 지금까지는 피구가 재미있어 연습도 계속하고 잘해왔지만, 앞으로도 그렇게 할 수 있을지는 모를 일이었다.

'피구가 재미없어져도, 반 대항 피구 경기에서 우승하고 피구왕 서영으로 남기 위해 계속 연습할 수 있을까?'

서영은 스스로 질문해 보았으나 선뜻 답을 내릴 수 없었다. 서영은 자신이 현지처럼 1등을 해야 한다는 이유만으로 무언가를 계속 열심히 할 수 있는 아이가 아니며, 오히려 경기에서 1등을 해야 한다는 생각을 하면 피구가 재미없어지는 아이라는 것을 잘 알고 있었다.

'그런데도 오늘 피구 시합을 해야 할까?'

서영은 속으로 몇 번을 되물으며 침대에서 일어나 화장

실로 향했다. 오늘은 체육대회 날이었다. 우승을 목표로 하는 것이 당연한 체육대회 반 대항 피구. 서영은 어쩐지 자신이 없었다. 지난번 6반과의 연습 경기 때처럼 결과가 좋지 않으면 또 피구가 재미없어질 것만 같아 무섭기도 했다. 지금처럼 피구를 계속 좋아하고 싶은데 체육대회 때는 아무래도 재미있는 피구를 하기가 힘들 것만 같았다. 서영은 오늘따라 학교로 가는 길이 유난히 짧게 느껴졌다.

서영이 교실로 들어서자 현지네 무리가 일제히 서영을 쳐다봤다.

"최윤정 베프 왔네?"

"안녕, 정은아."

정은이 못마땅하다는 듯 대놓고 서영을 향해 빈정댔지만, 서영은 담담한 목소리로 아무 일 없다는 듯 손을 흔들어 인사한 뒤, 현지와 눈을 마주치고 그대로 지나갔다. 6반과 연습 경기를 했던 날 이후 현지가 아이들에게 서영에 대해 무언가 얘기를 한 게 분명했다. 뚫어질 듯 바라보는 시선들이 칼날이 되어 서영을 찔렀다. 서영은 애써 무시하고 자리로 빠르게 걸어갔다. 이제 서영은 현지가 쳐 놓은 울타리 밖으로 나왔다.

'어차피 다른 울타리에 있는 애들이야.'

서영은 이렇게 생각하며 자리에 앉았다. 언제나처럼 서영보다 일찍 온 윤정이 서영을 반겼다. 윤정은 서영에게 슬며시 오렌지를 하나 내밀었다. 오렌지에는 검은 유성 펜으로 선들이 그려져 있었는데, 그게 꼭 피구 공 같았다. 서영은 밝은 주황색 피구 공 모양의 오렌지를 본 순간, 귀여운 그림에 킥킥대며 웃을 수밖에 없었다. 향긋한 주황색 피구 공에는 웃는 모양의 눈, 코, 입까지 그려져 있었다. 두 사람은 아침부터 웃고 있는 피구 공 오렌지를 손에 들고 단단한 껍질을 까 달콤한 알맹이를 한 알씩 입에 넣은 채 나란히 앉아 있었다. 서영은 입 안 가득 달게 퍼지는 오렌지 맛이 꼭 윤정이 "오늘도 우리 피구 재미있게 하자."라고 말하는 것만 같았다.

체육복을 맞춰 입은 아이들이 코트를 중심으로 서 있다. 흰 피구 공이 코트의 중앙에 놓여 있다. 중앙선을 중심으로 각자 위치로 이동한다. 서영도 자기 자리를 지킨다. 반대편 코트에는 상대 팀 선수들이 무리를 지어 서 있다. 서영은 기분 좋은 흥분으로 심장이 빠르게 뛰는 것을 느낀다. 서영은 이제 현지의 표정을 살피지 않는다. 그렇다고 윤정 쪽을 애타게 바라보지도 않는다. 오로지 코트 안 자신의 위치와 지금 코트 중앙에 놓인 흰 공, 그리고 상대 팀만 응시하고 있다.

서영은 빨라지는 심장박동 소리에 집중하며 아침에 먹은 오렌지 피구 공의 맛을 한 번 더 떠올린다. 윤정과 함께 한 방과 후 피구가 오렌지 피구 공을 수확하는 연습이었다면, 오늘의 피구 경기는 드디어 오렌지를 까서 한입에 '앙' 털어 넣는 실전이다. 손톱을 세워 단단한 껍질을 까는 데 꽤 힘이 들어가기는 했지만, 막상 속을 까보니 달콤하고 상큼해서 앉은 자리에서 다 먹어 치운 오렌지색 피구 공. 그리고 이 달콤한 맛을 느끼려고 오늘 아침 도망가고 싶은 충동도 누르고 결국 코트 위에 섰다는 걸 떠올린다. 서영은 입 안에 퍼지던 오렌지 맛을 한 번 더 되새기며 코트 중앙에 있는 흰 공을 다시 응시한다. 서영의 시선이 닿자 흰 피구 공이 이내 오렌지색으로 변한다.

삐익!

경기의 시작을 알리는 호루라기 소리와 함께 웃는 눈을 한 오렌지색 피구 공이 하늘로 올라간다. 서영은 자신과 눈을 맞추듯 다가오는 오렌지색 피구 공을 한 손으로 잽싸게 잡아 반대편 코트로 던진다. 서영의 얼굴이 웃는 오렌지색 피구 공과 닮았다.

작가의 말

코트 바깥에서 다시 쓰는 이야기

이제 와 고백하자면 나는 피구 시합을 할 때마다 1초라도 빨리 "아웃!"이란 말을 듣고 싶어서 안달이 나 있던 불량한 선수였다. 한번은 피구할 때 티 나지 않게 아웃되는 방법을 고민하고 정리하기까지 했다. 경기 시작 전부터 뛰지 않을 이유를 만들어두고 임했던 것이다. 반 대항 경기 같은 중요한 시합이 아니어도 사정은 비슷했다. 언제나 경기를 시작할 때 목표는 하나였다. 최대한 빨리 코트 밖으로 밀려나기. 일찌감치 몸 쓰는 일엔 소질이 없다는 걸 깨닫고 '피구왕'이 되겠다는 꿈은 접었다 치더라도 '아웃'이 목표라는 건 아무래도 이상해서 차마 그 누구에게도 말할 수 없었다.

잘하지 못할 바에야 피해라도 주지 말자. 경기 흐름을 방해하지 않는 적당한 시기에 물 흐르듯 자연스럽게 아웃되면 그만이지. 그렇게 나만 아는 은밀한 목표를 세우고 경기에 임하곤 했다. 체육 선생님의 호루라기 소리가 울리고 코트 중앙에서 하늘 높이 치솟는 하얀 공. 시선은 공을 따라 움직이고 긴장으로 꽁꽁 얼어붙은 몸이 바빠진다. 그 순간부터는 마치 다른 시공간에 접어드는 것처럼 모든 계획과 계산이 뒤틀린다. 마지막까지 살아남고 싶은 것처럼 전력을 다해 공을 피하고 잡고, 상대편 코트를 째려보고 넘벼든다. 그땐 꼭 내 몸이 내가 아닌 것처럼 마법 같은 상태에 접어든다.

"아웃!"

마법을 끝내는 주문이 들린다. 스위치가 켜진 듯 주위를 천천히 돌아본다. 허둥지둥 선 바깥으로 물러나며 생각한다. 방금 뭐였지? 혼란스러운 마음으로 선을 넘어 코트 바깥으로 걸어가던 순간의 감정이 아직까지 선명하다. 선 하나만 넘었을 뿐인데 경기에 임하는 자세도 손바닥 뒤집듯 휙 바뀌었다. 일단 친구들의 표정이 잘 보였다. 끈질긴 시선으로 목표를 쫓는 진지한 얼굴을 하나하나 눈에 담으며 바라보았다. '이기고 싶다, 꼭 살아남아야지. 마지막까지 남은 최후의 1인이 되고 싶다!' 가끔은 이런 목소리가 들리는 것 같기도 했다. 그러면 나도 모르게 그 친구를 응원하게 되었다. 심지어 상대 팀이어도 상관없었다. 선 하나만 넘어왔을 뿐인데 너그럽게 경기를 바라볼 수 있었다. 선수가 아닌 관중이 되었을 때 느끼는 안정감과 편안함, 그런 감정을 잊지 못해 늘 코트 바깥을 헤매는 사람으로 자라났다.

그즈음 자주 등나무 그늘이 드리워진 벤치에 앉아 운동장을 가득 채운 동급생들을 관찰하며 마치 '남의 일'을 보듯 거리를 두는 버릇이 생겼다. 집으로 가는 길엔 혼자 골

목 구석구석을 헤매고, 가보지 않았던 길까지 걸어가고 싶어서 친구들에겐 말도 안 되는 핑계를 대고 한동안 혼자 다니기도 했다. "넌 왜 그렇게 혼자 다녀?"라는 말을 자주 들었고, 마음이 잘 통한다 생각했던 친구와 억울한 오해가 쌓여 멀어지는 바람에 가슴 한편이 시큰거리기도 했다. 그런데도 네 편과 내 편, 안과 밖을 가르는 경계가 또렷할수록 그 선을 넘어가고 싶은 욕구는 누를 수가 없었다.

이 판의 규칙이 작동하지 않는 곳이 내가 있어야 할 자리인 것 같았다. 상대를 이기고 눌러야 하는 경쟁을 하는 대신 최선을 다하는 얼굴을 잘 지켜보고, 박수를 치고, "멋있다!" 외치며 호쾌하게 응원하는 사람이 되는 게 내 유일한 꿈이었던 것 같다. 물론 장래희망이나 희망 진로를 묻는 어른들에게 "응원하는 사람"이라고 말하진 않았다. 그랬다간 "치어리더가 되고 싶다고?"라는 말을 들었을 테니. 사소한 과업마저 비교와 경쟁에 휘둘리기 쉬운 삶에서 한 걸음 물러나 박수 치는 사람이 되겠다는 꿈은 그야말로 허무맹랑하고 말도 안 되는 꿈일지도 모른다.

좋아서 시작한 피구 덕분에 뜻밖에 주목을 받아 우쭐해지기도 하고, 피구를 하면서 사귄 친구 때문에 갈등을 겪다 마침내 피구가 하기 싫어지기도 하는 서영의 이야기를 쓰는 동안 나는 오랜 꿈을 이룬 듯했다. 앞으로 서영은 또 같은 상황이 오더라도 '피구는 죄가 없다'는 사실을 의심하지 않을 것이라고 나는 확신한다. 서영이 제 몸에 꼭 맞는 옷을 입은 것처럼 편안하고 즐거운 마음으로 피구를 계속하는 방법을 알아갈 거라고 믿는다. 서영에겐 불편한 감정을 안겨 주었지만 현지 역시 그 아이가 아는 최선을 다했을 뿐이라고 생각한다. 2018년에 첫 원고를 썼을 때만 해도 미처 생각하지 못했던 부분이다. 책이 여러 사람의 눈을 거치고 감상이 도착하는 동안 이 책의 등장인물과 함께 나 역시 자라며 타인의 최선과 방식을 응원하고 진심으로 박수를 치는 넉넉한 품이 생긴 듯하다.

사실 나는 여전히 어디를 가도 섞이지 못하고 겉도는 것 같은 기분에 자주 어색해한다. 코트가 대학으로, 회사로, 사회로 넓어지고 확장되었는데도 '아웃'을 기다리는 열한

살로 돌아갈 때가 있다. 가끔은 더 빠르게, 더 높게, 그리고 더 많은 것을 원해야 할 것 같다. 자꾸만 운동장 안으로 곧장 뛰어들어 트랙 위를 질주해야 할 것 같다는 압박이 들 때면 크게 심호흡을 하고 피구를 하다 "아웃!"이 되던 그날을 떠올린다. 코트 바깥으로 밀려난 뒤에야 친구들의 얼굴을 바라보며 경기에 마음을 쏟을 수 있었던 순간을 잊지 않으려 한다. 운동장 바깥에서만 볼 수 있는 장면, 작은 땀방울 하나까지 놓치지 않는 섬세한 시선으로 읽고 나면 응원을 한껏 받은 것 같은 기운찬 이야기를 계속 써 내려가고 싶다.

피구왕 서영

초판 1쇄 발행 2026년 2월 20일

지은이 황유미
펴낸이 최현준

편집 홍지회, 강서윤
디자인 박영정
일러스트 봉현

펴낸곳 우디북
출판등록 2022년 7월 27일 제 2016-000361호
주소 서울시 마포구 월드컵로 10길 28, 201호
전화 02-338-9271
팩스 02-338-9272
메일 woodybooks@naver.com

ISBN 979-11-24075-09-8 (43810)